dtv

»Selbstverständlich liebe ich meine Eltern; vor allem jetzt, wo sie tot sind ... Dem Vater schlägt sein totes Herz nicht weiter, und Mutter ist total zerquetscht. Vater überlebt es nicht, dass er Mutter im Angesicht des Todes mit dem Angesicht seiner Geliebten auf dem Beifahrersitz konfrontiert hat. Das Taktgefühl war ihm eigen.« Geschichten von Frauen. Von unselbständigen, beziehungsgestörten jungen Frauen aus »glücklichen Familien«, deren Trostlosigkeit von einer Generation an die nächste weitergegeben wird. Vom Vater wurden sie auf die falsche Weise geliebt oder ganz im Stich gelassen, die Mutter ist für sie nur abschreckendes Beispiel. Sie quälen sich mit Lebensangst, Ess-Störungen, Beziehungslosigkeit, mit Kindern, die sie vielleicht wollten, aber nun nicht lieben können, und mit einer alles beherrschenden inneren Leere ... Sieben Erzählungen, die mit rauher Präzision ein ganz alltägliches Grauen beschreiben.

Ruth Schweikert wurde 1965 in Aarau geboren. Theaterausbildung und abgebrochenes Germanistikstudium, verschiedene Theaterprojekte. Ruth Schweikert lebt in Zürich. ›Erdnüsse. Totschlagen‹ ist ihr erstes Buch. 1998 ist außerdem der Roman ›Augen zu‹ erschienen.

Ruth Schweikert

Erdnüsse. Totschlagen

Erzählungen

Deutscher Taschenbuch Verlag

Ungekürzte Ausgabe
Juni 1996
3. Auflage Juni 2004
Deutscher Taschenbuch Verlag GmbH & Co. KG,
München
www.dtv.de

Umschlagkonzept: Balk & Brumshagen
Umschlagbild: ›Trinity‹ (1986) von Rob Scholte
Gesetzt aus der Sabon 10,5/12 (WinWord)
Gesamtherstellung: Digital Druck AG, Frensdorf
Gedruckt auf säurefreiem, chlorfrei gebleichtem Papier
Printed in Germany · ISBN 3-423-12691-4

Inhalt

Für Patrick

We are such stuff
As dreams are made on; and our little life
Is rounded with a sleep.

Shakespeare, ›The Tempest‹

Port Bou

Schicksal und Charakter werden gemeinhin als kausal verbunden angesehen, und der Charakter wird als eine Ursache des Schicksals bezeichnet.

Irgendwie war sie wieder zum Fräulein geworden. Sie hatte doch im Kopf die richtige Vorstellung. Jetzt war sie bald siebenundzwanzig; bald so alt wie ihre Mutter Roswitha 1957, eine Grenzgängerin aus dem badischen Rheinfelden, angestellt in einer Basler Baufirma als Sekretärin. Natürlich ein Fräulein auch die Mutter, damals. Roswithas adoleszente Pickel hatten sich bereits nach innen gewendet, sie war eben erwachsen, an Haut und Knochen aus dem Kinderbett gewachsen; des Nachts schlief sie im ehemaligen Eheschlafzimmer der Eltern, an Vaters Platz, an des toten Vaters Stätte, neben ihrer leise schnarchenden verwitweten Mutter, und ihr fahles aschblondes Haar zeigte Spuren von Grau. Die Herren im Büro, Familienväter alle, machten sich manchmal einen Spass daraus, ihr biedermeierliches Wesen mit Seitensprunggeschichten zu erschüttern.

Der Gedanke, welcher dabei zugrunde liegt, ist folgender: wäre einerseits der Charakter eines Menschen, d.h. also auch seine Art und Weise zu reagieren, in allen Einzelheiten bekannt und wäre andererseits das Weltgeschehen bekannt in jenen Bezirken, in denen es an jenen Charakter heranträte ...

Sie, die Tochter, die jetzt dann siebenundzwanzigjährig wurde, hatte irgendwann, mitten in einem dieser schwülen Hochsommertage, aufgehört, sich die Zähne zu putzen. Sie dachte sich dabei nichts Bestimmtes; aber unablässig wippte ihr Körper im Rhythmus eines Kinderliedes durch die Strassen der Kleinstadt: die Zähne sind zum Küssen da, zum Küssen da, zum Küssen da; hinzu fügte sich als eine zweite, schrille Kopfstimme Penthesilea mit Kleists Worten: Küsse, Bisse, das reimt sich, und wer recht von Herzen liebt, kann schon das eine für das andre greifen.

Des Fräuleins Zähne waren in dieser Hinsicht arbeitslos, seit längerem bereits, genauer seit fünfzehn Jahren, seit dem letzten Vaterkuss, der ihr als Tochter galt, und somit handelte sie unzweifelhaft ökonomisch in dieser Hochsommerhitze, als sie ihre Zahnbürste zuoberst im Spiegelschrank verstaute und ihr einziges riesigrotes Badetuch langsam dem Schimmel überliess.

... so liesse sich genau sagen, was jenem Charakter sowohl widerfahren als von ihm vollzogen werden würde. Das heisst, sein Schicksal wäre bekannt.

Soweit Walter Benjamin in seinem Essay ›Schicksal und Charakter‹, den sie nie gelesen hatte, bis auf ein kurzes Zitat, das eines Morgens auf ihrem Kantonsschülerinnenpult gelegen hatte; das war vor acht Jahren gewesen.

Benjamin war am selben Tag wie sie geboren, wenn auch über 70 Jahre und zwei Weltkriege früher, und so wählte sie sich für die Lösung ihres verknoteten Schicksals Benjamins letzten Lebens-

und Todesort; oder vielleicht war eben dieses ihr *Schicksal* eine Täterin, eine handelnde Instanz, die sie dorthin verschlug, an diesen nicht sonderlich trostreichen spanischen Grenzort.

Das Fräulein von 1957 hingegen nahm in jener Hochsommerzeit ihren ersten Kuss in Empfang. Sie hatte Jutta während der obligaten Jungmädchentortur im Welschland kennengelernt, an einem von zwei freien Wochenenden, die ihr von ihrer Madame während des ganzen Jahres gestattet wurden; mit ihrer Freundin Jutta also war Roswitha nach Spanien gefahren, eine begleitete Carreise mit Kuoni, das leisteten sie sich, es waren ihre ersten eigenen Ferien, es war ihr erstes eigenes Meer, das sie zu spüren bekamen. Sie, Roswitha, wohnte ja noch billig zuhause, ass, wenn sie abends müde über die Grenze ins badische Rheinfelden kam, Mutters aufgewärmtes Mittagessen auf, setzte sich mit einem Buch, das zumeist von treuer Frauenliebe handelte, ans Stubenfenster der Zweizimmerwohnung und starrte zwischen dem Umblättern der Seiten nach draussen. Da waren sie alle beschäftigt mit dem Aufschwung der Konjunktur; selten ging abends einer alleine vorbei, noch seltener eine. Häufiger eine und einer, eine und eine, oder einer und einer, zwei und zwei und zwei. Im Bett legte sie sich ein Kissen unter die Füsse, um ihre geschwollenen Beine zu entlasten. Die Beine waren jung und kaputt von jahrelanger Arbeit im Hotel: stehen, stehen und nochmals stehen, am Buffet, in der Küche, zwölf Stunden am Tag, in der Hauptsaison vierzehn. Das kannst du mir glauben, sagt meine Mutter Roswitha zu mir,

1948 war ich froh, in einem Schweizer Hotel arbeiten zu können; sie war achtzehn, und ihr Vater war tot, der ältere Bruder gefallen. Jeden Samstag heizten sie mit Holz oder Briketts den Boiler auf und badeten. Zuerst Roswitha, dann ihre Mutter; nach dem Bad legten sie ihre rotgeschruppten Körper in frische weisse Nachthemden nebeneinander und träumten manchmal von elektrischen Heizöfen.

Über den Sonntag rede ich nicht. Der Sonntag setzte einem langen Wochensatz den göttlichen Schlusspunkt. Und dieser kreisrunde Ablauf, so dachte Roswitha 1957, würde sich wieder und wieder wiederholen in diesem zufriedenstellend langsamen Rhythmus, wenn nicht!, oder: bis! eines Tages (am besten in Basel, sie lieben die Schweiz, ihre Mutter und sie); bis eines Tages eine Junggesellenbude darauf warten würde, von ihr in ein häusliches Heim verwandelt zu werden. Und diese Vorstellung leuchtete als Silberstreif am Horizont vom Fräuleinhirn . . .: lieber lebenslängliche Hausfrau als lebenslängliche Sekretärin.

Die Tochter stockt hier in der Erinnerung, etwas hat sie gepackt, sie ist ja jetzt so alt wie ihre Mutter damals, 1957. Und wo, bitte, ist ihr Traum vom häuslichen Heim geblieben, den sie gelernt hat zu haben? Das häusliche Heim hat sie zwar zur Genüge, aber den Traum? Wenn sie die Zähne noch weiter nicht putzt, kann sie den Traum glatt in die Vergangenheit schmeissen, die sie nie gelebt hat: ihr Leben steht noch immer als ein Brett vor ihrem Kopf, im Gegensatz zu Walter Benjamin, der sich dieses Brett vor dem Kopf wegnahm, der sich also das Leben nahm, der auf der Flucht vor den Häschern der Gestapo 1940 in Port Bou in den Freitod getrieben wurde, was man von ihr nicht behaupten kann, glücklicherweise nicht; sie singt nur manchmal leise: *all my life, still ahead, pity me . . .*

Sie, die Tochter, hatte aus ihren drei jeweils einmaligen Liebhabern drei Kinder gezogen. Da sie zu diesen Zeitpunkten nicht frigide war, lösten die alle drei Jahre stattfindenden Orgasmuskontraktionen zuverlässig den Eisprung aus. So wurde sie Mutter mit 19, 22 und 25. Sie sieht schon das Schicksal sich bemühen, ihr den nächsten Liebhaber bereitzustellen, auf dass der Dreijahresrhythmus gewahrt bleibe . . .

Weil kein Mensch ihr einen Ehemann zutraute, wurde sie kurz nach den Schwangerschaften wieder Fräulein genannt, trotz ihren leicht hängenden, vom Milchgewicht blaugeäderten Brüsten, aber die Adern sah ja auch keiner.

Auf dem schwarzweissen Foto von Spanien schimmerten schon die Krampfadern.

Ihr Vater also, dachte die Tochter, hatte solche Krampfadern genommen, sie geheiratet, und er hatte sich auf sie draufgelegt; er, mit seinen perfekten braunglänzenden Beinen, ebenbürtig denjenigen von griechischen Götterstatuen. Diesen Vater konnte sie nur verachten. Warum hast du bloss diese grässliche Frau geheiratet, die meine Mutter ist, dieses reine Dienstleistungsgeschöpf, hatte sie ihn gefragt, als sie schon über zwanzig war, so ernsthaft, als sei sie noch ein Kind. Er hatte etwas gemurmelt, das sich anhörte wie eine Entschuldigung: Verpflichtung zur Familie als Keimzelle des Staates. Und er hatte hinzugefügt, diesmal mit leisem Vorwurf über die ungebührliche Frage: deine Mutter ist doch wirklich eine gute Mutter.

Wie sie daherkam; sie ging wie auf Stelzen über den hochglanzpolierten Kleinstadtboden im schweizerischen Mittelland, und den Mund öffnete sie immer weniger, je heisser es wurde. Abends um zehn, allein mit ihrem Mund, beginnt sie sich herzurichten, schmiert sich den Mund voll mit Lippenstift, Farbe Classic red; Marilyn, du hast 'nen Mund wie Marilyn, singt sie, das hat ihr mal einer gesagt und sie dann doch nicht geküsst, sie sprayt sich natürliches Pfefferminzaroma gegen den Mundgeruch in den Rachen und setzt sich vor den Fernseher, dicht, ganz dicht, und mit diesem arbeitslosen Saugnapf von Mund zieht sie die Männerzungen sämtlicher Kultursendungsköpfe tief in sich hinein und tut so, als gäbe es daran etwas zu kauen, am Staub, den sie vom Bildschirm leckt. Am nächsten Morgen putzt sie den verschmierten Bildschirm mit Ajax glasklar.

Ein Schuhhändler verpasste 1957 Roswitha den ersten Kuss. Kurz nach dem Foto, gut hatte er das hingekriegt, die beiden Frauen im Wettstreit um Fotogenität, um des Fotografen Gunst, der aus ihnen Kunst machen würde; Roswithas fahles aschblondes Haar fiel einfach göttlich, man muss den richtigen Moment erwischen, dachte er, und küsste Fräulein Roswitha Hauser mitten auf den Mund. Der erschrak ob dem Feuchtwarmen, und Roswitha drehte sich samt ihrem nassen Mund entschieden weg.

Und sie hatte drei Kinder und war noch nie geküsst worden, wenn sie von den Vaterküssen absah. Die Ruhe an den Abenden nach neun Uhr, wenn die Kinder schlafen, sprengt ihr den Kopf, und sie träumt vom Kuss, der kommen wird, noch dieses Jahr, das steht ihr fest; schon in der Kussvorstellung klappen ihr die Augendeckel runter, wie sie es im Film gesehen hat; ihre Lippen öffnen sich, sie atmet heftiger, bis sie ihre Mundhöhle riecht, nein, die kann keiner küssen, die erträgt nur sie allein.

Die Kinder sind an Stelle ihres Stolzes getreten; die Kinder sind ihr ganzer Stolz.

Das musste man sich bieten lassen auf einer begleiteten Carreise mit Kuoni 1957, als es noch keine Pille gab: dass man geküsst wurde ohne die vorbereitende Konversation. Der Schuhhändler Walther brauchte eine Frau fürs Geschäft, das wusste Roswitha Hauser, geboren 1930 auf dem Hotzenwald, das interessierte sie, wir haben den Krieg überlebt, sagt sie oft zu mir, die ich ihre Tochter bin, das schärft den Sinn für Realitäten, für Fleisch und Brot. Walther hatte zu Beginn der Reise seine Heiratsabsicht bekannt gegeben; er sei sicher, die Geeignete befinde sich unter den mitreisenden Damen, schliesslich fahre er nicht nur zum blossen Vergnügen im spanischen Himmelblau umher, schon das Wort Ferien habe für ihn den billigsten Geschmack.

Und sie hockt in ihrer Dreizimmerwohnung für ledige Mütter, gesponsert von der heiligen katholischen Kirche, an die sie glaubt wegen des heiligen Geistes, der sein Füllhorn über ihre Armseligkeit ausgeschüttet hat, und wartet auf ihren siebenundzwanzigsten Geburtstag. Von ihren Liebhabern sind ihr, nebst diesen Kindern, drei halbvolle Zigarettenschachteln geblieben; jede einzelne Zigarette ein Fest. Zur Feier des kommenden Tages würgt sie an einem Glimmstengel, welch eine Hitze der abgibt!, und es würgt ihr den allerersten Liebhaber hoch, den Geliebten aus halben Kindertagen. Ich geb dir's ins Maul, das schmeckt gut, ja, du wirst sehen, komm, deine Mutter ist selber schuld, sie will ja nicht mehr. Der Geliebte keucht, er riecht nach Zahnarzt, wie sollte er anders riechen, er ist einer, und er singt für das Kind Mutters Lieblingslied aus irgendeiner Operette: Meine Liebe, deine Liebe, die sind beide gleich, ich lieb dich und du liebst mich und da ist alles drin, ha ha ha ha, ha ha ha ha, . . . c, e, g, e, . . . cis fis, giis, aah, aah, aah. Sie schmeckt den Ton, wie er in ihrem Mund zerfliesst, die Vatertonleiter stoppt.

Von diesem Liebhaber blieben ihr keine Zigaretten übrig, das ist nichts für kleine Mädchen.

Tage nach dem Kuss, der eintraf in Sevilla im August 1957; immer laut Jutta Moossbrugger, die ich in ihrem Holzhäuschen in Ammerbuch 1 Entringen bei Tübingen befragt habe; Mutter will sich nicht erinnern an das Fräulein von 1957, das sie ja einst war, und wenn sie sich erinnern wollte, würde sie mir, ihrem Tochterfräulein, niemals Details über ihr erotisches Voreheleben preisgeben, sie weiss ja, ich würde sie missbrauchen, ich würde mir stinkfrech alles aufschreiben; Tage nach dem Kuss also entschloss sich Roswitha, den Heiratsantrag Walthers abzulehnen, der ja kommen musste, den sie nach diesem Kuss erst täglich, später stündlich dann erwartete. Es wäre mir peinlich, sagt sie zu Jutta nachts im lärmigen Hotelzimmer in Barcelona, der letzten Station vor der Heimkehr; ich bin ja erst seit kurzem in der Basler Baufirma, und wenn ich jetzt in den Schuhhandel einheiraten würde, dann hätte die Firma ja gar nichts von mir gehabt, bisher bin ich ja eher eine Last gewesen für die, weisst du ... Genug, Roswitha kann sich ihre guten Gründe sparen, Walther hätte dieses aschblonde Haar natürlich nie genommen, das war zu weich, zu seidenfein hing's an der Roswitha herab, daran konnte kein Mensch sich aus dem Sumpf ziehen, in den sein Schuhhandel abgesunken war.

Die Dreizimmerwohnung macht sie nervös am Vorabend ihres siebenundzwanzigsten Geburtstages; sie schleicht sich ins Kinderzimmer. Die Kinder schlafen übereinandergeschachtelt, mit offenen Mündern, als könnte nichts sie verletzen, nichts in sie eindringen, sie schlafen zu dritt im Doppelbett, ein sanft atmender Haufen: sechzig Kilogramm träumendes Kinderfleisch, das sich aneinander klammert, weil es zusammengehört und sich gegen die Mutter verschworen hat; so denke ich, die Mutter, streife wie ein müder Tiger durch meine beiden lautlosen Räume und halte diese Weite kaum noch aus. Wenn es doch enger wäre, schmaler, pitzeputzeklein!, wenn sie nur irgendwo eingeschnürt wäre, diese Ichsperson, bewegungsunfähig an einen Küchenstuhl gefesselt, oder ihr Denken wenigstens, wie leicht wäre da der Hohlraum zwischen dem Tag und der Nacht und dem folgenden Tag zu ertragen!

Vor acht Jahren hatte sie die Schule verlassen. Irgendwoher hatte sie diesen Virus, den blasphemischen, wie ihr Vater ihn taxierte, ihre Gottesbegabungen auszuschlagen, oder war es einfach die Weigerung, erwachsen zu werden, die sie als Spitzenschülerin, ein Jahr vor der Matura, schwanger werden und die Schule verlassen liess. Seither lebt sie irgendwie, zumeist vom Vaterzahnarztgeld, das kann er immerhin von den Steuern abziehen; vom Fastenopfer für die Alleinerziehenden, von Gelegenheitsjobs als Weihnachtsaushilfe an der Migros-MultiMarkt-Kasse. Für den Service ist sie zu ungeglättet, zu ungeschickt, oder dann bietet sie den Männern zuwenig Anblicksfläche, kein Restaurant kann sie gebrauchen, nicht mal eine Alternativkneipe, die schon gar nicht; wie kann eine Frau heute noch drei Kinder bekommen und sich in die Vaterabhängigkeit zurückziehen. Auch für den Vater ist es eine Perversion, was aus seinem Fräulein Tochter geworden ist, bildhübsch sei sie als Baby gewesen und blitzgescheit als Vierjährige. (Und wohl sehr sexy als Zehnjährige, möchte ich hinzufügen, leise natürlich, damit die Vaterohren nicht hinhören müssen; damit die Vaterohren nicht beleidigt werden.)

Und jetzt, sagt der Vater weiter, ist sie die Verkehrtheit in Person, wobei er Schwierigkeiten hat, in der Tochter eine Person zu sehen, er als Lateiner. Person kommt von per-sonare, hat er ihr erklärt, was soviel heisst wie hindurchtönen, und bei ihr töne ausser dem Kindergeschrei gar nichts mehr durch, das aber sei durchdringend. Ein Glück ist dem Vater geblieben: sein Büro, das ihn isoliert von den Menschengeräuschen.

Roswitha kehrte ohne Heiratsantrag ins deutsche Grenzstädtchen zurück. Walther schickte ihr Ende November das Foto, Roswitha und Jutta im Sommerkostüm, die Sonnenbrille neckisch über die Stirn geschoben. Roswitha schämte sich für ihr so einladend fallendes Haar und musste Walther Notwehr zugestehen. Der feuchtwarme Schreck am Mund ist ihr in der Novemberkälte tiefgefroren, nur der Bürochef der Baufirma stellt an Roswithas Mündchen eine leichte Verfraulichung fest, die sich aber nicht bestätigt, als er diese Verfraulichung mit einem Griff unter den Rock testen will; er zieht seine Hand trocken unter ihrem Schoss hervor.

Vor acht Jahren war sie ein interessanter Fall gewesen, ein ergiebiges Studienobjekt mancher Lehrkräfte dieser Kantonsschule, die im Nebenfach Psychologie studiert hatten und nach praktischer Anwendung gierten. Ein störrisches Kind sei sie, ein lächerlich rebellischer Teenager, diese Mittelschichtstochter, der Vater ein stadtbekannter Zahnarzt, seine Ehefrau dem Vernehmen nach eine tüchtige Hausfrau und eine treusorgende Mutter; jawohl, ein Trotzkopf sei diese Tochter, ein Brett vor dem Kopf habe sie, der sei ihr Hirn vernagelt; Drogen vielleicht. Im Lehrerzimmer wurden allgemein die Eltern bedauert, mit solch einer Tochter, die sich der Vernunft der Aufklärung entziehe, die der Geschichtslehrer als Höhepunkt der abendländischen und damit überhaupt der Weltkultur hervorgehoben habe; mit solch einer Tochter also, die sich einfach aufs Schicksal berufe, das sie zur Mutterschaft bestimme und zu nichts anderem.

Und der Geschichtslehrer, der sich dem Vater besonders verbunden fühlte, weil sie beide Altherren in derselben Studentenverbindung waren, vulgo Spuck der eine, vulgo Zuck der andere; dieser Geschichtslehrer legte seiner schwangeren Schülerin eines Morgens einen mit Schreibmaschine beschriebenen Zettel aufs Pult, jedenfalls musste sie annehmen, das Präsent komme von ihm:

Wo Charakter ist, da wird mit Sicherheit Schicksal nicht sein und im Zusammenhang des Schicksals Charakter nicht angetroffen werden.

Walter Benjamin, aus: ›Schicksal und Charakter‹, 1919.

Ihre Liebhaber hatten keine Namen, und sie befanden sich auf der Durchreise. Ich nehme die Pille, hatte sie einmal gelogen, es kann nichts passieren. Bei den andern beiden Männern hatte sie nicht einmal diese billige Lüge gebraucht; sie gaben sich ohne eine Versicherung zufrieden. Die Rechnung der Männer, wenn sie denn eine angestellt haben, ist ohne einen Rest aufgegangen, wie die ihres ersten Liebhabers, dieses feinfingrigen Zahnarztes mit den perfekten braunglänzenden Beinen, ebenbürtig denjenigen einer griechischen Götterstatue, von dem sie den Spruch hat: Es passiert dir nichts, wenn du das Geheimnis nur für dich behältst. Sie hat das Geheimnis für sich behalten, und diese Haltung gibt ihr einen Halt.

Der siebenundzwanzigste Geburtstag spült ihr im Zigarettenrausch noch mehr Vergangenheit ins

Hirn, sie hat sich schon die zweite Zigarette angezündet, die Vergangenheit der Mutter: sie sieht das Fräulein Roswitha Hauser aus den Fünfzigern durch die Sechziger rennen, nun doch dringend einem Ehemann hinterher, den sie 1964 erwischt und vor den katholischen Altar schleppt, das Fräulein ist vierunddreissig, und ihr Gesicht ist vor Anstrengung fleckig geworden, beim Ehemann ist eine Muskelverhärtung um die Augen zu konstatieren; so beginnt der Ernst des Lebens. Die Heirat heisst Einmündung in die Zielgerade. Die Ehe ist eine Besserungsanstalt, wo die Ehefrau unter Einsatz und Aufopferung sämtlicher Fähigkeiten aus dem vertrockneten Junggesellen den glücklichen Ehemann herauspresst. Dem Fräulein Roswitha, nach der planmässigen Entjungferung in der Hochzeitsnacht nunmehr des Ehemanns Rösli, werden infolge der Heirat vier klinische Spitalgeburten geschenkt, und der Sekretärinnenberuf, der ja nie eine Profession war, hängt am langen Nagel. Erst muss die Junggesellenbude, vorsichtig an der ehemännlichen Wahrnehmung vorbei, von den ungelesenen, aber zweifellos wertvollen Feuilletons der letzten beiden Jahrzehnte befreit werden und später das Einfamilienhaus vom Kindermist, der sich unermüdlich erneuert.

Während sie, die Mutter, die auch meine Mutter ist, ihre Kinder mit letzter Kraft ins Leben hinauspresste, während die Ärzte aus ihrem langsam sich verfettenden Schoss mit der Saugglocke alle eineinhalb Jahre wieder bis zum Klimakterium einen winzigen, blauverfärbten oder schon todweissen Menschenkörper zerrten, während also die Mutter bei den Geburten echte biblische Frauenarbeit leistete, fuhren die drei Tochterkinder aus der Tochter heraus, als liessen sie die Hölle hinter sich zurück. Die Kinder fielen ihr so einfach aus dem Schoss, wie sie in ihn hineingefallen waren, mit derselben erbarmungslosen Präzision.

Überhaupt hätte ich ein unglaublich einfaches Leben haben können. Woher nehme ich mir die Freiheit, oder besser die Frechheit, mein Leben so umständlich zu gestalten, den Staat, die Kirche und den Elterngeldbeutel zu schröpfen, wo es die Pille seit dreissig Jahren schon gibt?

Grand Marnier hat mir einer geschenkt, es ist zwei Uhr morgens, es ist der 15. Juli 1992, vor hundert Jahren ist einer geboren, als *wohlgeborenes Bürgerkind,* wie er sich später in der ›Berliner Chronik‹ bezeichnete, seine Eltern nannten ihn Walter, weiss der Teufel warum, ich schabe eine weisse Bakterienschicht von meinen Zähnen; ich krame den vergilbten, aller Wahrscheinlichkeit nach mit der Lehrerschreibmaschine beschriebenen Zettel aus meiner Schreibtischschublade, falsch, die Möbel gehören mir nicht, sie gehören der katholischen Landeskirche, dieser Zettel ist wahrscheinlich das älteste Ding überhaupt, das ich besitze, ausser mir selbst, natürlich bin ich betrunken; ich nähe diesen Zettel in einen Plastikbeutel ein, der ist besonders geeignet zum Einfrieren von Obst und Gemüse, und stecke mir den in Plastik eingenähten Spruch in die Unterhose, möge er mir helfen. Es dämmert bereits, als ich beschliesse, mir den Kuss zu holen, den erlösenden Kuss; als ich beschliesse, eine moderne Frau zu werden, eben eine Frau mit Charakter und ohne ein irgendwie gottgewolltes Schicksal.

Am nächsten Tag beginne ich mit den Reisevorbereitungen. Als erstes schnappe ich mir eine Zehnerpackung Präservative aus der diskreten Migros. Das Fräulein will wohl ihr Schicksal herausfordern, sagt die Kassiererin und starrt entsetzt auf die Präservativschachtel; ich habe bei der Migros gearbeitet, mein Schicksal ist stadtbekannt, das kann ich nicht einfach abändern: Drei reisende Liebhaber, wer wollte vom ersten auch wissen, drei Kinder, im Abstand von jeweils drei Jahren, das vierte wird von der Kleinstadt termingerecht erwartet. Ich bezahle wortlos; es wird mir keine Schamtüte gereicht, obwohl ich mich schämen sollte; ich stopfe die Präservativschachtel in eine mitgebrachte durchsichtige Plastiktüte, schlendere durch die Sommerstrassenleere und übe die sinnlich aufgeworfene Lippenstellung. Ans Zähneputzen denke ich noch immer nicht, das erschiene mir geradezu obszön.

Die Kinder bringe ich zu meiner Mutter, die vom Mutterberuf restlos im Grossmutterberuf aufgegangen ist.

Ich fahre nach Spanien für ein paar Tage, das Geld kriege ich von der Beratungsstelle für Familienplanung, sage ich zu meiner Mutter, ich bekomme Feriengeld für alleinerziehende Mütter. Mutters Haare sind von einem gelbstichigen Weiss, wie immer schon, seit ich sie kenne, ihr Bauch geht schwanger, wie immer schon, seit ich sie kenne, vor Jahren schwanger mit einem Kind, heute ist er aufgebläht mit Kummerspeck, sagt resigniert meine Mutter, die Sekretärin von 1957, und: Ich habe mir immer alles selber verdient, sagt sie, und hat diesmal keine Angst, ich könnte es aufschreiben, das wünscht sie sich vielleicht sogar, ihre Rechtschaffenheit auf meinem Papier wiederzufinden: die Aussteuer, das Schlafzimmer habe ich mit in die Ehe gebracht, auch die Sekretärinnenschule habe ich damals selber bezahlt, mit der Arbeit im Hotel, als Zimmermädchen, als Buffettochter, und der Herr Doktor Geiger, der früher bei der Ciba war und nach seiner Pensionierung bei uns im Hotel gewohnt hat, der hat mir jeden Mittwoch einen Franken Trinkgeld gegeben, das war viel Geld damals, da war ich noch keine zwanzig, aber ich konnte sparen, so kurz nach dem Krieg.

Der Schweiss läuft mir in den Mund im klimatisierten Catalan Talgo, in Port Bou steige ich aus, Port Bou: ein Ort in Spanien an der Grenze zu Frankreich; ich bin in Spanien, das genügt mir, von Walter Benjamins Grab weiss ich noch nichts. Das Meer ist geradezu blödsinnig blau, als spiegle es die Augen meiner Mutter.

Una senyora bin ich hier, eine Frau, nichts von diesem angeblich südländischen Bella-ragazza-Getue, komischerweise. Mein früher vorhandenes Interesse für Kunst und Kultur irgendeines Spanien hat längst schon abgedankt, ich lege mich an den Strand, in die hinterste Reihe zwischen die abgeschabten oder aufgeplusterten Familienfrauen, und fülle mir die Augen mit dem Sommerlabyrinth, mit trägen Fleischstücken und farbigen Stoffetzen, empfinde mich selber als ein stoffbespanntes Stück Körper, das sich mechanisch bewegt, zum Strandrestaurant hin und zurück, ein essendes Stück Masse nenne ich mich, wenn ich mich mit mir selbst unterhalte; ich verbringe die Tage mit Essen; ohne so recht zu wissen, warum, stopfe ich mir Eis und Schokolade in den Mund und alle Arten von Fisch, ich habe einen ausgeprägten Appetit auf Fisch, drei Tage lang esse ich mich aus meiner Körperform heraus, bis mir die Augendeckel zuklappen, nicht vor Wonne einer Kussvorstellung, nein, ich bin vor Hitze, Völle und Zahnschmerzen ohnmächtig geworden.

Da liege ich also; eine von vielen am körnigen Sandstrand und scheine bereit, als dreifach von Mutterschaft gekröntes Fräulein mit jüngferlichem Mund in meiner Ohnmacht zu versinken, als sich ein sogenanntes Bild von einem Mann auf meinen rotglühenden Körper wirft, seinen Mund auf den meinigen presst, mir seinen sauberen Atem hineindrückt und meinen übelriechenden aus mir heraussaugt; der fremde Mann küsst mich, es fühlt sich so an, als küsse er mich, und wirklich, mein Brustkorb hebt sich und senkt sich in unerlebter Gefühlsaufwallung, die mir endlich erlösend den Magen umdreht.

Ich übergebe mich.

Ich übergebe das ganze unverdaute Essen der letzten Tage dem körnigen Sandstrand, und die Ekelschreie bahnen sich einen Weg durch meinen zugeschnürten Hals; sie hören sich an wie ein spätes Echo auf alle diese eingestopften Vatertonleitern.

Im Friedhof von Port Bou, im leuchtenden weissen, habe ich die Tonleitern begraben, die jetzt neben Walter Benjamins Grabstein als erbrochene Fischleichen zum Himmel stinken. Irgendwie wird der Geruch schon vergehen, denke ich mir.

Zuhause, zurück in meiner Dachwohnung, lese ich Benjamin in der Stille, die zwischen der Nacht und dem Tag sich ausbreitet, zwischen den Kindern und mir, putze mir mit meiner neuen gelben Bürste die Zähne sauber, bevor ich ins Bett gehe, und ich verstehe einen halben Satz von Hermann Cohen, der von Benjamin am Schluss seines Essays zitiert wird: ... *dass jede tragische Handlung, so erhaben sie auch auf ihrem Kothurn schreite, einen komischen Schatten werfe ...*

Erdnüsse

I

Die Frau sah das Kind an; es war kein hübsches Kind. Siehst du denn die Zahlen nicht vor deinen Augen, fragte sie, und redete gleich weiter: Ich sehe die Zahlen; eins, zwei, drei, vier, acht, zehn! Ihre Finger zeigten klar und gross in die Luft: dass du dir das nicht merken kannst!

Die Lahn lag in ihrem Flussbett, ohnmächtig dem Wind ausgesetzt, so schien es der Frau; ohnmächtig und träge, als seien diese ständig sich erneuernden Wassermassen von jahrhundertelangem Fliessen erschöpft; an manchen Stellen waren die Ufer verschilft. Also, wieviel gibt drei und acht, fragte die Frau zum zweiten Mal. Drei und acht, sagte das Kind, wieviel das gibt, meinst du, aber das ist ja ganz einfach, drei und acht . . ., es tippte mit dem rechten Zeigefinger auf die Fingerkuppen seiner linken Hand und zählte stumm in sich hinein, zögerte, sagte dann – zehn?

Zehn! Mein Gott; die Frau schlug sich die Hände über die Ohren; willst du etwa die erste Klasse schon wiederholen! schrie sie gegen den Wind; dann packte sie das Ruder und stach ins Wasser. Sie drückte das Wasser mit dem Ruderblatt vom Boot weg, hob das Ruder aus dem Wasser und stach erneut hinein, und nochmals, wieder und wieder und wieder. Ihre Haare lagen nassgeschwitzt um den Kopf, die Hände brannten. Das Kind sah ihr zu. Deine Mutter hat ein komisches Gesicht, hatte Veronika zu ihm gesagt, sie sass neben ihm in der Schule und konnte so schön malen, viel schöner als er; seine Menschen hatten noch immer keine Hälse, und oft vergass er einfach, ihnen Arme zu malen. Ach ja, sagte er, wenn die Lehrerin ihn darauf hinwies, bin ich blöd, schon wieder vergessen, und malte zwei lange dünne Striche, die weit vom Körper weg zeigten. Komm, hilf mir endlich! rief die Mutter, das Ruder auf die andere Seite; verdammt, jetzt sind wir schon wieder am Ufer! Kopf runter! Das Boot schlug gegen die Ufersteine, es schwankte, Äste schlugen ihnen ins Gesicht; das Kind hielt sich fest an einem Baumstamm, der ins Wasser ragte.

Seit über drei Stunden waren sie unterwegs, sechs Kilometer hatten sie geschafft, das Ziel lag unsichtbar hinter ihren Rücken. Die Mutter hatte das Boot gemietet, es war Pfingsten; zehn Kilometer weiter flussabwärts sollten sie mit dem Bus der Lahntours wieder nach Roth zurückgebracht werden. Die Haare hingen dem Kind unschön in die Augen, spröde, ausgebleichte Weizenhalme; kein Wunder, kannst du dich in der Schule nicht konzentrieren, hatte die Mutter gesagt, wenn du nichts siehst. Das Kind hatte ihr die Schere aus der Hand geschlagen, ich will Haare wie ein Mädchen, hatte er geheult, ich will Haare bis zum Po.

Er sah seine Mutter an.

Sie war Lehrerin, unterrichtete im gleichen Schulhaus eine andere erste Klasse. Alles in ihrem Gesicht war gross; die Augen, die Nase, der

Mund, sogar die Poren. Das Kind sah ins Wasser, es hatte die Farbe der giftigen Schlangen, die er im Zoo mit dem Vater gesehen hatte; die Schlangen speicheln ihre Beute ein und verschlingen sie ganz, das hatte sein Vater ihm erzählt. Einmal im Monat ging das Kind mit dem Vater in den Zoo.

Alle Väter gehen an den Besuchsrechtssonntagen mit ihren schnell wachsenden Kindern in den Zoo, dachte die Frau jeweils an diesen Sonntagen, und nachher sitzen sie, zwischen andere Väter und Kinder geklemmt, in den Wartehallen der Selbstbedienungsrestaurants vor einer Portion Pommes frites mit zwei Tuben Ketchup, oder sie verschlukken in Plastik eingeschweisste Erdnüsse, und zum Dessert trösten sie sich mit bunten Eiskugeln. Und wenn es sehr heiss ist, die Besuchsrechtszeit zu lang scheint oder zu kurz, um einander zu verstehen, bestellen die Väter für sich und die Kinder ein zweites Dessert.

Das Kind liebte besonders die Erdnüsse, sie lagen wie salzige Perlen im Mund, die konnte man einspeicheln, schon das Wort gefiel ihm: einspeicheln, und dann versuchen, sie ganz hinunterzuschlucken.

Sie trieben jetzt stromaufwärts, so stark blies der Wind, und es hatte angefangen zu regnen. Das Unterhemd hing dem Kind über die Hose, es atmete erschöpft aus, liess sein Ruder einfach ins Wasser hängen und schloss die Augen. Bei seiner Geburt war die Frau zwanzig gewesen, sie hatte kurz zuvor die Matur absolviert, hinter sich gebracht die sogenannte Reifeprüfung; der Mann war ein Jahr älter; sie lebten von der Vorstellung ihrer ersten, immerwährenden Liebe und von Stipendien. Der Mann studierte Informatik, für ein Kind fühlte er sich viel zu jung. Die Frau überlistete ihn und sich selbst, beteuerte ihm und sich selbst, es könne nichts passieren; so sehr verlangte es sie nach etwas Lebendigem, das ihr die unendliche Zeit in kleine, handliche Stücke einteilte.

Eines Abends lehnte die Frau ihren Kopf an den Achtliterboiler der Wohnung. Der Boiler reichte kaum für ein Babybad, sie kochte dann zusätzlich Wasser auf dem Herd. Der Spültrog drückte gegen ihren Bauch, sie hielt den feuchten Waschlappen in der Faust, das Kind lag, sechs Monate alt, nackt auf dem Wickeltisch und spielte vergnügt lallend mit seinen Fingern und Zehen; nur schlafen mochte es nicht, kaum lag es in seinem Kindergitterbett, so schrie es, dass ihr der Kopf schmerzte. Eingepresst zwischen die Fenster zum Hof lagen ein Salatkopf, Milch, Butter und Käse; das war ihr Kühlschrank. Der Mann betrat die Wohnung, es war elf Uhr abends, hallo, sagte er und legte die Arme von hinten um den Körper der Frau, er wollte sie küssen, er roch nach Bier, das hatte sie früher immer gemocht; aber an diesem Abend drehte sie sich schnell und schlug ihm die Fäuste auf die Brust; seine Brust war ihre Trommel, auf der ihre Fäuste schrien; warum kommst du erst jetzt, brüllte sie, du hast gesagt, du bist um acht zu Hause, warum, warum!

Das Kind! rief der Mann. Er riss sich von ihr los und rannte zum Wickeltisch; zu spät, das Kind lag auf dem achteckig rotgeplättelten Küchenboden. In der Nacht erbrach es sich, eine Gehirnerschütterung, konstatierte der Arzt, immerhin keine inneren Blutungen, ein Glück. Fast jedes Kind fällt einmal vom Wickeltisch, fast alle haben Glück. Zwei Monate später zog der Mann zu einem Studienkollegen; er könne sich das alles nicht mehr mitansehen: die staubige, kalte Wohnung, das schwierige Kind; die Frau schaffte es noch nicht einmal, den Holzofen in Gang zu setzen oder aufzuräumen, und abends um acht schien sie todmüde.

Mama! das Kind weinte jetzt laut und verschluckte die Worte, die Mutter verstand es kaum; Mama, warum muss ich die Schwimmweste nicht anhaben, es stürmt doch so fest, ich will nach Hause! Bei der Vermietung hatte man ihr gesagt, das Boot müsse sich schneller vorwärts bewegen als der Fluss, dadurch könne man es leichter steuern. Wir können jetzt nicht nach Hause, sagte langsam und leise die Mutter, du weisst doch, wir sind weit weg von zu Hause, wir sind über sechshundert Kilometer weit weg, sagte sie, wir sind in einem anderen Land. Aber ich will jetzt nach Hause, ich habe solche Angst! heulte das Kind.

Das Kind sei ein schwieriges Kind, hatte seine Lehrerin geklagt, eine Kollegin der Frau, es störe ständig den Unterricht; stell dir doch vor!, hatte sie gesagt, mitten in der Stunde läuft er durch das Schulzimmer und turnt zwischen den Bänken, oder er legt sich einfach flach auf den Boden und schreit. Besonders schlimm sei es beim Rechnen. Rechnen, sagt das Kind, das muss ich nicht lernen; mein Papa hat einen Computer zu Hause, der kann das sowieso viel schneller. Wenn es sich nicht massiv entwickle, könne das Kind nicht in der Klasse verbleiben.

Jetzt sei doch bitte ruhig! herrscht die Mutter das Kind an, und es weint noch lauter, der Wind weht heftiger, oder kommt es ihr nur so vor; komm, sagt die Frau, ich binde dich am Proviantsack fest, dann fällst du bestimmt nicht aus dem Boot; so! Das Kind hatte darauf bestanden, eine Flasche Milch mitzunehmen, wahrscheinlich war sie schon schlecht, bei diesem schwülen Wetter; du bist doch kein Baby mehr, hatte die Mutter gesagt und die Flasche dann doch eingepackt; der Proviantsack ist schwer, gefüllt mit Milch und Tee und Äpfeln und Erdnüssen und Kartoffelsalat. Und wenn das Boot kippt, schreit das Kind und steht auf; es wird schon nicht kippen, beruhigt die Mutter ihn laut, sie treiben in die Mitte des Flusses, an dieser Stelle ist er breit und scheint tief, die Ufer links und rechts jäh abfallend; der Wind treibt das Boot in einen Wirbel hinein; setz dich hin! schreit die Frau; nein! brüllt das Kind, ich steige aus!; die Frau springt auf, stellt sich vor das Kind und drückt seine Schultern nach unten, das Boot schwankt bedrohlich, das Kind soll sich endlich setzen, es ist verrückt; du bist einfach total verrückt! schreit die Frau; sie stehen jetzt beide auf einer Seite des Bootes; gleich muss es kippen, denkt sie; wiederholt und bewegungsunfähig, gleich muss es kippen, denkt sie; und das Boot kippt.

Der Proviantsack zieht das Kind mit sich bis auf den Grund.

Warum kann das Kind noch immer nicht schwimmen, sie hat es doch in den Osterferien in den Schwimmkurs geschickt. Die Frau taucht auf und sieht das Kind, seinen offenen Mund, sie sieht ihn schreien, mit den Armen um sich schlagen, er schluckt Wasser, die Frau hört nichts, ist sie taub; sie schwimmt zum Boot und dreht es wieder um, während der Körper des Kindes verschwindet, nochmals auftaucht und wieder verschwindet; und noch einmal sieht sie die viel zu langen Haare, die über seinem Gesicht kleben, sie sieht die Hände auftauchen; die Finger des Kindes, die sich in die Wasseroberfläche krallen, als könnten sie sich daran festhalten; dann schiebt sich das Wasser über den Kinderkörper, und der Wirbel zieht ihn sanft kreisend in die Tiefe. Die Mutter, Margrit Meili heisst sie, Gi lässt sie sich rufen, sie hasst ihren Namen, taucht endlich auf den Grund, die Lahn ist an dieser Stelle höchstens drei Meter tief. Sie löst hektisch die Kordel vom Fuss des Kindes und packt es, schwimmt mit ihm an die Oberfläche und versucht, seinen Kopf über Wasser zu halten. Es regnet und stürmt, Wasser peitscht ihr ins Gesicht; der Kopf des Kindes ist schwer, verflucht, er ist einfach zu schwer. Sie schwimmt unter Wasser zum Ufer, reisst das Kind mit letzter Kraft aus dem Wasser und legt es ins Gras; sein Gesicht ist aus Wachs, sein Körper ohne Atem. Die Frau schreit um Hilfe, kein Pfingstausflügler hört sie, die Lahn liegt in ihrem Flussbett, ohnmächtig und träge dem Wind ausgesetzt, dem Regen wehrlos ausgeliefert und dem Gewicht der Ruderboote. Später wiederholt die Frau mechanisch den Namen des Kindes. Sie legt seinen Kopf über ihre rechte Schulter, schlingt seine Arme um ihren Hals und faltet ihre Hände unter seinem Po; dann setzt sie einen Fuss vor den anderen, trägt das Kind vier Kilometer bis zum nächsten Dorf, Rottershausen an der Lahn, und meldet der dortigen Polizei einen schrecklichen Unfall.

Das Ermittlungsverfahren gegen Margrit Meili wurde zwei Tage später eingestellt; sie konnte glaubhaft darstellen, sie sei unter einem Schock gestanden.

2

In Rottershausen an der Lahn, Landkreis Marburg, betrat drei Jahre später, am 31. Mai 1993, es war der Pfingstmontag, nachmittags um fünf, eine vielleicht dreissigjährige, unbekannte Frau die Gaststätte Zur Lahnbrücke. Ein Tisch wurde von Frauen umringt, ein anderer verschwand unter Männerköpfen, die sich alle gleichzeitig beim Eintreten der Frau hoben und zur Türe drehten; in den Fenstern standen Kakteen.

Ein Mann hockte einzeln an der Bar und fütterte den Geldspielautomaten mit Markstücken; eine junge Frau sass weissgekleidet an einem langen Tisch. Sie hielt die Hände unter dem Kinn gefaltet und wartete stumm betend vor einem vollen Likörglas, ihr gegenüber hockte breitbeinig ihr Mann, sie sahen sich regungslos in die Augen. In einer Ecke ruhte die Eistruhe mit dem blau und rot ausstrahlenden Signet von Schöller Eiskrem.

Die fremde Frau fragte den Mann an der Bar, ob

der Platz neben ihm noch frei sei. Er bejahte, sie setzte sich, bestellte ein Fruchteis, eine warme Milch und ein Kännchen Kaffee.

Der Kaffee schmeckte scheusslich, es war Filterkaffee, über Stunden heiss gehaltener Filterkaffee, das gab es dort, wo sie herkam, schon lange nicht mehr, Filterkaffee in einem Restaurant; sie trank ihn gegen ihre Gewohnheit mit viel Dosenmilch und Zucker.

Gewinnen Sie oder verlieren Sie, fragte die Frau den Mann an der Bar, ein scharfes Gesicht hatte er, er hat ein Gesicht wie ein Taschenmesser, dachte sie, aus mittelaltem Menschenfleisch geschnitten, mit lichtblauen Knopfaugen bestickt, von grauen Haaren eingezäunt; er gefiel ihr. Ich gewinne, sagte er, an Erfahrung. Er legte einen Zehnmarkschein auf die Theke, die gebückte Frau im blauen Schurz, die an Feiertagen bediente, wenn keiner arbeiten wollte, schob ihm zehn Markstücke zu.

Es stürmt draussen wie im Herbst, sagte der Spieler zur Fremden; er fand sie attraktiv in ihrem langen schwarzen, durchgeknöpften, ihrem Körper wie angegossenen Kleid; vielleicht gibt es bald keine Jahreszeiten mehr, antwortete sie. Davon bin ich überzeugt, erwiderte er, die Jahreszeiten sind hierzulande und heutzutage immer mehr eine blosse Einbildung.

Über Pfingsten hatte die Frau vier freie Tage, wie damals; sie lebte noch im selben Dorf, als Lehrerin war sie nicht unbedingt bei den Schülern und Schülerinnen beliebt, sie war ihnen zu wenig lustig, aber den meisten Eltern war es recht, die Kinder lernten bei ihr lesen, schreiben und rechnen, und sie wussten nach dem ersten Schuljahr, welche Farben auf einem gemalten Menschen Platz haben.

Die Rückkehr vor drei Jahren: die Mitleidsmaske der Nachbarn, die wortlose Begegnung mit dem Vater an der Beerdigung des Kindes, seine Tränen; von Schuld sprach niemand im Dorf, man schwieg, und das Schweigen war entsetzlich.

Wohnen Sie in diesem Dorf, fragte die Frau weiter; nein, er wohne ausserhalb, ganz in der Nähe des Flusses, antwortete der Mann, er komme hierher, weil er seine Ruhe haben wolle. Ruhe wovor, vor wem, fragte die Frau schnell, sie befürchtete die Existenz einer Ehefrau, die zuhause auf der neubezogenen Polstergruppe sass und, seine Hosen flickend, ihren Ehemann erwartete; vom Stress der Arbeit, sagte er, ich bin Vertreter, ich vertrete das hier; und er zeigte auf die Ablage hinter der Theke. In Kartonschachteln türmten sich Salzstangen, Erdnüsse, Hanuta-Waffeln und Schokoriegel. Und damit reisen Sie von Ort zu Ort? Ja, antwortete der Vertreter, wissen Sie, man muss sich auch um die kleinen Kunden kümmern. Er liebe diese Atmosphäre hier. Sie hat etwas Exotisches, sagte er, sehen Sie sich das an!, dabei griff er wie zufällig nach ihrem Arm, das hier sei der Gipfel an Primitivität; aber immerhin, lachte er, sie roch dabei ein wenig das Bier, das er getrunken hatte, und es war ihr angenehm; immerhin, sie essen meine Erdnüsse.

Die Frau hielt die Hand des Mannes auf ihrem Arm fest: Da sitzen sie vor ihren traurigen Bieren und starren mich an, murmelte sie und starrte ihrerseits auf seine Hand; sind Sie verheiratet? – Nein; aber weshalb sollte man Sie anstarren? Sie sind eine schöne Frau, aber hier lassen einen die Leute in Ruhe, sie sehen nichts. Übrigens – ich heisse Harald. – Ich bin auch nicht verheiratet, lachte die Frau, und die Leute, die mich mögen, nennen mich Gi. Sie nahm seine Hand und legte sie auf die Theke zurück, verschränkte dann ihre Arme, blickte auf den Kristallgrund ihrer Kaffeetasse, der Zucker hatte sich nicht vollständig aufgelöst, und sagte langsam, Wort für Wort: Ich komme mit Ihnen nach Hause.

Sie sind nicht aus dieser Gegend, was? lachte er.

3

Der Mann schlief unruhig; die Frau lag noch immer wach. Küss mich nicht so feucht, hatte er gesagt. Sie legte eine Hand vorsichtig auf seine nackte Hüfte, er schreckte auf, lass mich, ich habe schlecht geträumt, brummte er, schlaf weiter. Im Spiegel an der Decke sah sie ihre beiden Körper. Was er denn geträumt habe, fragte die Frau, ich kann nicht schlafen; sie sei es nicht mehr gewohnt, neben einem Menschen zu schlafen, bitte erzähl es mir. Der Mann kehrte ihr den fleischigen Rücken zu, sein Gewicht hatte sich gut angefühlt, er hatte die Augen geschlossen; ach, sagte er, und sie sah ihm beim Reden im Spiegel zu, die Worte fielen schräg aus seinem Mund auf das weisse Laken; ich habe von meiner Tochter geträumt.

Er sei am Ufer eines breiten Flusses gestanden, und seine Tochter Lena sei mit ihrer Mutter, von der er schon lange getrennt lebe, in einem Ruderboot gesessen. Der Mann drehte sich, öffnete die Augen und starrte zur Decke, die Frau sah es im Spiegel. Lena rief irgend etwas, erzählte der Mann weiter; ich winkte ihr zu, Christa winkte mit der einen Hand zurück, und mit der anderen packte sie Lena und warf sie ins Wasser. Ich dachte an ein Spiel und lachte, auch Lena tauchte auf und lachte – der Mann schien plötzlich heiser, und im Spiegel an der Decke sah die Frau, wie sein Kehlkopf auf- und absprang; wir sind die Generation der Futonfuckers, dachte sie, während er seinen Traum weitererzählte, Christa sei Lena nachgesprungen und habe Lenas Kopf mehrmals unter Wasser gedrückt. Das Ganze sei wie in Zeitlupe geschehen, und er sei wie gelähmt am Ufer gestanden, während Lena vor seinen Augen ertrunken sei.

Die Augen des Mannes im Spiegel an der Zimmerdecke waren leuchtend blau, ein wunderbar leuchtendes Kornblumenblau, dachte die Frau; was träumst du für verrücktes Zeug, flüsterte sie.

Warum, der Mann drückte sein Gesicht ins Kopfkissen, ich bin müde; er redete gähnend weiter im Halbschlaf; jetzt erinnere er sich, da sei vor ein paar Jahren ein Unfall passiert; in der Lahn sei ein Kind ertrunken, er glaube, nicht weit weg von seinem Haus, und seine Tochter sei damals so alt gewesen wie jenes Kind, deswegen sei es ihm vielleicht im Gedächtnis geblieben.

Taghell ist es in ihrem Traum, die Frau steht sonnenbeleuchtet und nackt an der Lahn, das Wasser schimmert grün, es hat die Farbe eines

Smaragds, sie rennt zum Ufer und stürzt sich ins kalte Wasser; es ist dieselbe Stelle wie damals, der Strudel zieht sie hinunter bis auf den Grund des Flusses; vor ihren Augen sieht sie abgeschlagene Köpfe, die im Wasser tanzen und sich höflich zunicken; mittendrin tanzt ein Kind, eine Puppe; das Kind ist eine Puppe aus lauter Erdnüssen, eine Puppe mit blauen Schlafaugen und langen gebogenen Wimpern, das Kind ist eine hochschwangere Erdnusspuppe, aus deren aufgeschnittenem Bauch lauter Einmarkstücke herausquellen. Über den abgeschlagenen Köpfen schwebt eine Guillotine, die Frau legt ihren Kopf langsam auf den blutgetränkten Holzblock, das Beil fällt sirrend auf ihren Nacken und schlägt ihr den Kopf ab; endlich bin ich erlöst, denkt sie und erwacht.

Geburtstagsfeier

Mein tägliches Telefon findet heute rund um die zimmerübergreifenden Vorbereitungen zur Schwarzwälder Kirschtorte statt, die meine Mutter, unter weiblicher Arbeitslast stöhnend, für Grosspapi bäckt, der eigentlich kein Grossvater, sondern ihr Ehemann ist, den sie aber seit Jahren so ruft, wenn sie ihm den samstäglichen Marschbefehl diktiert. Mit dem Marschbefehl in der Hand marschiert dann der Grosspapi durch die Aktionsläden der Stadt, bewaffnet mit dem ausgedienten Militärrucksack, wo er die befohlenen Güter erbarmungslos hineinstopft. Die schweizerische Armee hat vor fünfzehn Jahren sein Gesuch um Verlängerung der Dienstzeit abgelehnt, er hat zu seinem Glück die richtige Frau und konnte seine Dienstzeit im Privaten verlängern.

»Hier, für dich, Telefon« – er hält den Hörer weit von sich und streckt ihn mir entgegen, das Telefon ist ihm zu modern; ich bin ein Kind des neunzehnten Jahrhunderts, sagt er und schnallt sich den Rucksack um, es ist Samstag. »Denk daran, nächste Woche bist du im Ruhestand«, ruft Mutter ihm nach, »also geniess es!«

Dein Vater ist alt geworden, die Stimme –, sagt er, der andere.

Ich weiss, ich weiss, er –, sage ich.

Seine Stimme schmeckt säuerlich, die Stimme ist ein Loch, in das du fällst beim Sprechen mit ihm –, sagt er, der andere, der Mann am Telefon.

Wenn *du* mit ihm sprichst! – unterbreche ich ihn, was wir uns verboten haben.

Und die Grimasse beisst ihm sein Gesicht weg –, sagt er, der andere, der Mann am Telefon, den ich amtlich beglaubigt liebe, bis dass der Tod uns scheidet.

Ja, sage ich, ja, ja; ciao! –

Der Hörer fährt mir aus der Hand und kracht am Boden auf; ich lass ihn liegen, wie er zu liegen kommt, zwischen meine Beine auf dem abgeschabten Orientteppich im Büropuff meines Vaters.

Der soll sich doch die Krallen am eigenen Vater wetzen, denke ich. Aber ihm ist sein Vater vor fünfzig Jahren abhanden gekommen. Seither ziert das Soldatenbild die Kommode seiner Mutter. Mutters Kommode residiert in Berlin, und von dort ruft auch er mich an, Heinz, dieser Alleinerzogene, der zweiundfünfzig wird und der seinen Vater nur vom Bild her kennt, von da aber gründlich. Seit fünfzig Jahren besitzt der Vater diese Jugendfrische, diese lachende Ausstrahlung des Zweiunddreissigjährigen von 1942, auf den nach dem Kampf ein Orden wartet, wenn er so positiv weitermacht. Längst hat Heinz ihn altersmässig überholt, und doch hat er den Vater niemals eingeholt. Der Vater soll dein lebenslanges Vorbild sein, auf das du stolz sein kannst, heisst die täglich wiederholte Mutterpredigt. Ein verschollener Vater ist schlimmer als ein toter, und erst recht schlimmer als ein Überlebervater; das höre ich fast täglich von Heinz, meinem Ehemann, der in Berlin bei seiner Mutter lebt, die ihn seit zweiundfünfzig Jahren alleinerzieht: ein toter Vater hat einen Ort im Draussen, wo man ihn besuchen kann, der braucht sich nicht im ganzen Körper einzunisten, wie der verschollene Vater es bei Heinz tut, er hockt ihm im Geschlecht und sagt: Beschütze und bewahre deine Mutter auf.

Woher Heinz die Grimasse meines Vaters kennt, obwohl er ihn nie gesehen hat? Die Grimasse ist der Hauptbestandteil des Wesens meines Vaters, auch wenn das jener Logik widerspricht, die Grimassen als etwas Aufgepfropftes oder Drübergestülptes begreift. Nun ist das Wesen meines Vatermenschen ein Vakuum, das die Grimassen durch den Unterdruck mit Gewalt anzieht.

Aus dem liegengelassenen Telefonhörer quillt Heinzens laute Empörung, die mir langsam die Beine hochkriecht. Ich bin froh um den Abstand zu meinen Ohren, er keucht plötzlich so, dass mir unangenehm warm wird zwischen den Schenkeln.

Erst unterbrichst du mich dauernd, schreit er ... wahrscheinlich hockt er in diesem bräunlichen, haarfettgetränkten Ohrensessel, den er mir so gründlich beschrieben hat, dass ich ihn lieber nie zu Gesicht bekomme, denke ich, während er weiterschreit: und dann höre ich gar nichts mehr von dir, nicht mal ein regelmässiges Atmen, das mir jeweils deinen Schlaf anzeigt! –

Ich lasse Heinz keuchen. Ich habe Besseres zu tun. Mein Vater wird fünfundsechzig, morgen schon, und zur Feier seines Geburtstages soll ich im Restaurant Rathaus eine hochdeutsche Rede halten, obwohl wir in der Schweiz leben und die

Lieblingssprache meines Vaters klassisches Latein ist. Ja, Hochdeutsch, das klingt so fein aus deinem Mund, sagt meine Mutter, die selbst Deutsche war; deren Vater hochdeutsch war und hochdeutsch starb, im Winter 43.

Meine Mutter ist durch die Heirat Schweizerin geworden, was ihr ganzer Stolz ist. Den Stolz hätte sie gerne auch auf ihren Ehemann geworfen, wenn dieser Ehemann gehalten hätte, was dessen Doktorvater meiner Mutter vor der Heirat versprochen hatte. »Unser Vater braucht Ruhe, er hat Diamanten im Kopf, die uns alle ernähren«, war Mutters häufigster Satz in meiner Kindheit. Mutter hielt dabei die Hände gefaltet und schickte ihre Stimme schrill durchs Schlüsselloch ins Büro, wo wir Vater lautstark arbeiten hörten, da übte er schon den Kopfstand. Und sonntags tönte das Gebet in der katholischen Kirche, Vater Unser im Himmel, unser täglich Brot gib uns heute, während Vater unser zuhause sich einschloss und sagte, er fülle währenddessen die Steuererklärung aus. »Dein Vater könnte heute Bundesrat sein, wenn er nicht diesen Fitnessspleen hätte«, ruft Mutter aus der Küche, und ich höre sie sechs Aktionseier aus der Migros bis zur Weissglut schlagen. Ich kenne die Mutterschläge, die zur Schwarzwälder Kirschtorte gehören, so wie ich die Schläge kenne, die zum Vater gehören, wenn meine Brüder nicht wissen, was sich gehört. Die Schläge haben eine Ähnlichkeit, sie kommen aus vollen Händen. Ich bin Vaters Lieblingsprodukt und weiss, was sich gehört; ich habe die gleiche Blutgruppe wie er, auch das gehört sich, er konnte mit seiner Blutspende damals mein Leben retten. Mein Vater hat sich frühzeitig pensionieren lassen, um sich ganz seiner Fitness zu widmen. Mein Vater trainiert seit seinem fünfundvierzigsten Lebensjahr, wahrscheinlich um die Spuren von Mutters drei Mutterschaften und seinen vier bis fünf angeblichen Vaterschaften zu tilgen. Die Vaterschaften meines Vaters scheinen mir praktisch zweifelhaft, und sie sind genetisch bis heute nicht bewiesen.

Heinz und ich haben vor drei Jahren geheiratet; seither telefonieren wir täglich. Diese Ehe ist uns teuer, die Telefonrechnungen sind horrend. Der einzige Mensch, der uns beide kennt, ein Therapeut in Sodenstichhausen, das auf keiner Landkarte verzeichnet ist, wo wir uns kennengelernt haben und einmal jährlich gemeinsam eine Therapiewoche verbringen, nennt uns zwei Laib Mensch, die, so sagt er, im gleichen Ofen gebacken wurden. Er meint natürlich den Kindheitsofen, in dem wir alle meistens unser ganzes Leben lang schmoren. Wenn ich Heinz und mich auf dem Foto betrachte, das ich ständig mit mir herumtrage, das Foto ist meine ganze Privatsphäre, sehe ich zwei versteinerte Sandkuchenleiber, die in Berlin und Unterentfelden als Ladenhüter in verstaubten Bäckereien liegen.

Der verschollene Vater von Heinz wäre jetzt also zweiundachtzig, so alt wie seine Mutter, die ihren Ehemann seit fünfzig Jahren auf dem Altar ihres Herzens aufgebahrt hat. Es sei ein Glück für seinen Vater, der fünfzigjährigen Einbalsamierung entgangen zu sein, die ihm auch ohne Verschollenheit geblüht hätte, da sei er sicher, die Mutter hätte ihn nicht altern lassen; sein Vater habe schlau gehandelt, als er starb oder sich totstellte, das strahlende Siegerlächeln hätte ihm nie abhanden kommen dürfen.

Was rede ich ständig von Heinz, der vom Alter her mein Vater sein könnte, statt von meinem Vater, der mein Ehemann sein könnte; zumindest was seine Trainingswerte betrifft, die er mir wöchentlich präsentiert und wonach er ständig jünger wird. Wenn ich seine Haut zufällig streife, ist sie von der Glätte einer Eisbahn. Mit seinen Leistungen ist er mittlerweile ein durchschnittlich Trainierter in der Altersgruppe von 28–35, was er mir ständig vor Augen hält, damit ich auf ihn stolz sein kann. Sein Alter zieht sich aus dem Körper zurück; es hat sich wie ein verletztes Kind in die Stimme geflüchtet, wo es nun festhockt.

Sein Vater sei ihm von der Mutter eingebildet worden; es existiere nur *ein* Bild von ihm; ja, es komme ihm manchmal vor, als sei der ganze Vater eine blosse Einbildung. Heinz sah ziemlich lächerlich aus, als er diese Sätze so vor sich hin stotterte, damals vor drei Jahren. Heinz und ich fuhren zurück in den Kompromiss. Wir hatten vor einer Stunde geheiratet, wir beeilten uns mit dem Abschied, Heinz musste nach Hause, und mein Zug fuhr gleich. Er hatte zuhause angerufen, hatte irgendwas von unvorhersehbaren Verspätungen gemurmelt; Mutti hatte sich natürlich schon Sorgen gemacht, und ausserdem war sie hingefallen auf der Strasse, womöglich ein Oberschenkelhalsbruch. – Also, tschüs, Mutti, Heinz salbte den Telefonhörer mit seinen Worten, ich bin gleich bei dir. –

Ich sah ihn an, mein Lippenstift steckte in seinen Mundfalten, leuchtete aus seinen Poren, die ich ausgiebig geküsst hatte; und ich hoffte, er sei nicht allergisch auf Lippenstift, das gäbe ein wochenlang blühendes Gesicht, wie wollte er das seiner Mutti bloss erklären. Ich sah aus dem Fenster des Eurocityzuges auf ihn herab und war erleichtert, dass der Fitnessclub auf mich wartete, daheim in Unterentfelden. Als ich mir die Erleichterung gestattet hatte, kam auch die Liebe zurück; ich liebte ihn mitsamt seiner Schulbubenlächerlichkeit des Fünfzigjährigen, oder vielleicht liebte ich ihn gerade deswegen, wegen meinem Lippenstift auf seiner Haut, den ich sonst nie benutzte und den er nachher wegwischen würde, heimlich, mit leisem Schamgefühl für den Verrat an unserer Liebe, den er damit beging. Wir beide wussten, dass die Abhängigkeit von der Liebe seiner Mutter stärker war und dass sie es bleiben würde.

Heinz keucht stärker. Ich werfe einen Blick auf den Telefonhörer zwischen meinen Füssen und sehe Heinz zwischen meinen Beinen hopsen, er ist schon ziemlich ausser Atem. Wir tanzten in der Landdisco, mitten im Februar, irgendwo in der norddeutschen Tiefebene tanzen wir eine karibische Nacht, so steht es geschrieben in riesigen Neonlettern über unseren Köpfen, Caribbean night, Heinz im grauen Wollpullover, und ich trage meinen letzten unverschwitzten Therapie-Trainingsanzug, weit und bequem, hellgrün mit schwarzen Streifen; ich sehe Heinz an, als sollte er sich mir mit seinen achtzig Kilo zu spüren geben, und wir retten uns ins Bier, o ja, ins Bier, das uns träge macht und die Hände und Münder braucht. Über uns hängen riesige Bananen, ringsum schaukeln lauter tropische Plastikfrüchte, eine karibische Nacht eben, und Heinz ist als Heinzelmännchen im Telefonhörer eingekapselt und tanzt um sein Leben, er schüttelt mich durch; je schneller er tanzt, um so heftiger schüttelt es mich vor Lachen vom Zwerchfell zum Beckenboden und nach oben bis zur Gurgel. Ich stelle mir das Heinzelmännchen unglaublich hilflos vor, wie es in die Höhle zwischen meinen Beinen starren muss, mit aufgerissenen Augen, und mein Lachen wird atemlos, es bleibt mir im Halse stecken, ich werde die Luft kaum noch los, was soll das, an Asthma habe ich nie gelitten – das muss die Luftlosigkeit der Lust sein!, darüber habe ich immer wieder in Frauenzeitschriften gelesen; einer Lust, wie ich sie weder im Direktkontakt zu meinem Ehemann noch sonstwie erlebt habe.

Ich schreie.

Ich glaube, so macht man das.

Das Heinzelmännchen schluchzt.

Wir hatten vereinbart, uns abwechslungsweise täglich anzurufen; so steht es in unserem Ehevertrag. Weitere Vereinbarungen lauten: Die Dauer des Gesprächs wird vom Anrufer bestimmt; Sprecherwechsel nur nach komplettem Satz und nach deutlichem Absenken der Tonhöhe möglich; etc . . . Über diese Vereinbarungen wird nicht gestritten.

Ich schreie, Heinz schluchzt.

Für den Fitnessclub in unserem Keller, mit dem der Vater seine Fitnesssucht in Kapital verwandelt, bin ich als Empfangsfräulein, als Besitzerstochter sozusagen der Magnet für die verrosteten Altherrengelenke. Dazu kommt die Ausstrahlung einer gewissen klassischen Lateinkultur, die mir im Blut liegt, seit Vater mir mit seiner Blutspende das Leben gerettet hat, das ich zum ersten Mal nicht mehr haben wollte, als ich drei Tage alt war; als meine Leber den Blutreinigungsdienst verweigerte, da hat man mir im Spital mein gelbsüchtiges Blut gegen das meines sauberen Vaters ausgetauscht; ja, sogar eine gewisse Künstlerischkeit habe ich mir in kreativen Ferien quer durch Europa erworben. Dieser Eindruck, den ich auf die Altherrengelenke mache, hat sich noch verstärkt, seitdem ich mir das Hochdeutsch angeeignet habe, das Heinz mir täglich ins Ohr tropft. Diese Fräulein-Tochter-Masche kann ich mir noch einige Jahre ins Haar stecken. Zweiunddreissig ist ein gutes Alter, um unter die Haube zu kommen, da sind Mutter und Vater einer Meinung. Die säuerliche Altjungfernmiene, die man spätestens ab fünfunddreissig rieche, sei rechtzeitig mit Ehefrauenparfum zu übertünchen. Und ein Jahr später würde ich ja dann mit Gottes Segen ein Kindlein wiegen und somit auf natürliche Weise aus dem Fitnessclub fallen.

Soweit die Pläne meiner Eltern.

Bis zweiunddreissig bleiben mir vier Jahre. Diese Jahre brauche ich wohl, um allfällige Berührungen eines anwesenden Ehemanns ertragen zu lernen.

Morgen ist Vaters Geburtstag, und mir baumelt der Telefonhörer zwischen den Beinen. Mutter reisst die Tür zum Büro auf; ich muss wirklich geschrien haben, wenn die so angerast kommt, das klebrige Schokoladebraun tropft ihr von den Fingern, und sie sagt nur: »So leg doch den Hörer endlich auf, du weisst doch, wieviel das kostet, und in der Hochtarifzeit sollst du sowieso nicht telefonieren, wie oft hab ich dir das schon gesagt, so mach endlich, du siehst doch, dass ich die Hände voll Teig habe!« Ich sage ja und wundere mich, wie meine Stimme funktioniert, »ja«, sage ich und tue, wie mir geheissen. Erstens hat Heinz angerufen, und zweitens ist Niedertarif am Samstag, denke ich, aber ich schweige. Mutter bäckt die obligate Schwarzwälder Kirschtorte, die sie an allen Feiertagen an ihre alte, vergangene Heimat erinnert, da habe ich für ihre Gereiztheit Verständnis.

Ich habe mich erstmals nicht an unsere Ehestatuten gehalten. Mutter ist in die Küche gerauscht. Vor mir liegt ein weisses Blatt.

Lieber Vater.

Lieber Vater, ich glaube meiner Mutter deine Zeugungskraft, weil ich an die Keuschheit meiner Mutter anderen Männern gegenüber glaube. Und dass ich wirklich dem Bauch meiner Mutter entronnen bin, hat mir zwanzig Jahre später die Hebamme bestätigt; eine Freundin meiner Mutter. Aus den angeführten Gründen darf ich annehmen, dass es sich bei deinem Mannskörper, den wir heute feiern, um meinen 1927 geborenen Erzeuger handelt. Acht Jahre nach meiner Geburt hast du angefangen, ständig jünger zu werden, im Gegensatz zu meinem Ehemann, von dessen Existenz du hiermit zum ersten Mal erfährst, der als Zweijähriger ein vaterloser Greis wurde, der seither all die ungelebten Vaterjahre als Schuld auf dem Buckel hat, denn für wen ist der Vater in den Krieg gezogen, wenn nicht für seine Hoffnung auf eine bessere Zukunft, und die hiess Heinz, während du dich meiner Vorstellung eines Liebhabers bedrohlich näherst.

»Bist du mit der Rede fertig, denk an die Gäste, am besten sprichst du vor der Schwarzwälder Kirschtorte, und komm aus diesem Schweinestall da raus, da fällt dir nur Negatives ein.«

Ich tue, wie mir geheissen, und gehe auf mein Zimmer.

Lieber Vater, lieber Hans, oder sollte ich Prahlhans sagen, wie auch immer, lieber Vater, ich frage mich, wo die Diamanten in deinem Kopf hingekommen sind. Ich bin seit deiner Blutspende dein Lieblingsprodukt, Vater, das weiss ich, und vielleicht bin ich das einzige, was du jemals zustande gebracht hast, und du willst mich deshalb mit deinen Trainingswerten von deiner Liebens-Würdigkeit überzeugen. Deine Rechnung ging auch lange Zeit auf, Papa, doch heute, an deinem fünfundsechzigsten Geburtstag, bleibt mir nur eines übrig, dir zu sagen: J'aurais pu t'aimer, si tu avais vieilli.

Die Türe geht auf, es ist Mutter, wer sonst, sie betritt die Zimmer, ohne anzuklopfen, vor mir gibt es keine Geheimnisse, ich weiss alles, sagt sie, ich weiss, wie eure Unterhosen riechen. »Komm runter«, sagt sie, »du kannst die Torte fertigmachen, dir fehlt sowieso das praktische Arbeiten!« Die Schwarzwäldertorte ist gebacken, duftend und weich steht sie auf dem Küchentisch, aber so unversehrt darf sie nicht bleiben; Mutter und ich reissen ihr ein Maul auf, stopfen ihr die sauren Kirschen hinein, füllen die Hohlräume aus mit Schlagrahm und klatschen noch einen halben Liter Rahm auf die Torte drauf. »So, und jetzt ersäufen wir dieses Kalorienmonster im Kirsch«, sagt Mutter und giesst die halbvolle Flasche aus dem originalen Schwarzwald über die Torte.

An Vaters Geburtstag stand die Schwarzwälder Kirschtorte bleich im Januarlicht und wartete vergeblich auf den, der sie schon aus Fitnessgründen niemals hätte essen können. Auch das Geburtstagsessen im Restaurant Rathaus assen Mutter, meine Brüder und ich allein auf; Vater hatte allen geladenen Gästen telefonisch abberichtet, er, mein Vater, ein selbsternanntes Kind des neunzehnten Jahrhunderts, er hatte sogar auf Band gesprochen, meine Cousine spielte es mir nach der Beerdigung ab: Die Geburtstagsfeier ist auf unbestimmte Zeit verschoben, ich bitte um Verständnis, herzliche Grüsse, euer Hans.

Wir hätten wissen müssen, dass Vater niemals seinen fünfundsechzigsten Geburtstag feiern würde. Er war mit dem Militärrucksack von seiner Einkaufstour nicht nach Hause gekommen, sondern damit in die Berge gefahren; Vater war auf einer Skitour mit dem Studentensportverein, wo er seinen fünfunddreissigsten Geburtstag feierte, als Junggeselle, worüber gescherzt wurde, es werde auch ihn bald erwischen, und dann sei das Leben gelaufen, mit Ehefrau und Kindern. Hans, mein Vater, hatte über diese Idioten von Studenten gelacht, und er hatte sich, nach dem Genuss von zwei Litern Denneraktionswein vom Kulminationspunkt des Finsteraarhorns, mit dem Pensionierungsschrei in der erstickten Kehle, in die Tiefe gestürzt.

Schlafbetrunken

Prolog

Gedenktafel im Ulmer Friedhof
Für die Toten des ersten Weltkrieges:
Söhne Deutscher Lande
Zu schützen die teure Heimat
Verblutet in siegreichen Schlachten!
Stumm über Euren Gräbern
Webt ungebeugt die Hoffnung
Dankbarer Brüder und Schwestern
Nach Schmerz und Leid
Einst bessere Tage zu sehen.

Im März 1985, am Ende ihrer Schulzeit, somit am Nullpunkt aller weiteren Erkennbarkeit und zugleich am eingetrichterten Anfang allen Lebensernstes, lag ein schweres Tuch auf Eva Schindlers Schultern: die Freiheit.

Sieben Jahre später wurde in Ulm an der Donau ihre Grossmutter Paula im Alter von neunzig Jahren und dreihundertfünfundfünfzig Tagen zu Karl Ritzenthaler ins gemeinsame Ehegrab gebettet. Um das frisch ausgehobene, in der Aprilkälte dampfende Erdloch stehen Eva, gehüllt in den schwarzen Wintermantel, den der Vater ihr vor sieben Jahren zur Matur geschenkt hatte; ihre Mutter Gisela, schweräugig und schlafbetrunken, wie üblich, wenn Vergangengeglaubtes in ihre Gegenwart einschlug; Evas Vater Emil, er hält seine Arme verschränkt, und sein Blick hört sechs Zentimeter vor seinem Gesicht einfach auf; Heinrich, Evas fünfeinhalbjähriger Sohn, er beisst, ins Kauen versunken, winzige Löcher in die Ärmel seines neuen dunklen Pullovers; und dicht neben ihm zündet sich Nathanael-Maria, Heinrichs Vater, eine neue Zigarette an, während der Pfarrer nach der Schaufel greift. Im Hintergrund hustet Jakob, von Beruf früher Lokalradiomacher und heute Pfandflaschensammler in allen Ulmer Strassen. Eva hatte ihn an diesem Morgen zufällig kennengelernt, er hockte am Bahnhofsplatz auf einer Stadtverschönerungsblumenkiste, ass runde Knäkkebrote und redete halblaut vor sich hin, er habe die Packung ungeöffnet im Abfall gefunden, und erst noch Vollkorn. Es stellte sich heraus, dass er aus der Schweiz geflohen war, wo man ihm, wie er erzählte, die Wohnung gekündigt, ihn nach zwei Jahren Arbeitslosigkeit ausgesteuert und damit zum Sozialfall verdammt habe. Eva schätzte ihn auf Mitte Vierzig, so alt wie Hubert, dachte sie, so alt wie Nathanael-Maria; ausserdem lachte er weich durch die Nase, und sie hatte ihn gebeten, zur Beerdigung ihrer Grossmutter mitzukommen.

Der Pfarrer nimmt die Schaufel in die Hand, Erdklumpen trommeln auf das helle Holz; und Eva hört sich selbst, wie sie als Vierjährige, Fünfjährige mit Fäusten und Gummistiefeln Kerben in Grossmutters Haustüre an der Herrenkellergasse trommelt; ihre Oma hat kranke Beine und alte Ohren, das Haus ist schmal, aber himmelhoch, auf jedem Stockwerk ein einziges Zimmer, und Eva ruft so laut sie kann: Mach mir endlich die Türe auf!

Nackt kam ich hervor aus dem Schoss meiner Mutter, sagt der Pfarrer.

Zu dritt waren sie am frühen Nachmittag durch die halbe Stadt gezogen; Eva hielt ihre rechte Schulter dabei schützend hochgestellt, sie waren an Turnvereinen vorbeigeschritten, Jakob roch nach mehrtägigem Schweiss, irgendein Jubiläum wurde gefeiert, und Heinrich kaute seine Ärmel nass, an unzähligen Stadtmusikanten und obligatorischen Bierseligkeiten vorbei; ein Trauerzug der Erinnerung, hässlich und stumm, zum Friedhof auf dem Michelsberg im Norden der Stadt.

Im Katastrophenschutzbunker ihres Gedächtnisses hatte Eva seit über zwanzig Jahren als Notvorrat den Ulmer Duft nach frischen Laugenbrezeln aufbewahrt; sie gingen den Weg, den Eva vor über zwanzig Jahren so oft mit ihrer Grossmutter zum Grab des Grossvaters gegangen war; dazu den fauligen Geruch der Tierfutterfabrik; Heinrich buchstabierte die Schilder und Aufschriften: Olgastrasse, Ne-utorstrasse, Karlstrasse, Bra-uerei GOLD OCHSEN; und den rastlosen Brauereigeschmack, der ihr als Kind bei Spaziergängen in den Mund gekrochen war und ihre ordentlichen Schritte durcheinandergewirbelt hatte; Heinrich buchstabierte FUKO Futterfabrik, Stuttgarterstrasse, Universitätsklinik, Ne-uer Friedhof, und es schien Eva, als seien diese Namen alles, was ihr übriggeblieben war, diese Strassen- und Fabriknamen und das Trommeln an der Haustüre; so teilnahmslos und glattgeschliffen ragten die Fassaden und Gerüche in den Himmel der Stadt, in der sie geboren war und die ersten fünf Jahre verlebt hatte.

Der Friedhof der Stadt liegt gleich neben der Universitätsklinik; die Leichentransportkosten reduzieren sich auf ein Minimum, denkt Eva, und die zwischen Universitätsklinik und Friedhof gepressten Blumengeschäfte steigern ihren Umsatz mit Sträussen und Kränzen im Duopack zur Grab- und Genesungsgestaltung, der Pfarrer zitiert Sätze aus dem Buch Hiob; vor dem Friedhofseingang hatte sie auf einer Tafel gelesen: Liebe Mitbürger, die Stadt Ulm hat sich mit besonderer Hingabe der Ausgestaltung ihrer Friedhöfe gewidmet.

Und nackt kehre ich dahin zurück, sagt der Pfarrer. Jakob trägt als staatlich geprüfter Ausgesteuerter und Flaschensammler eine weisse, seinem Körper angeschmiegte Hose mit einem schmutzigbraunen Fleck an der Stelle seines Geschlechts, und sein überhängender, festfleischiger Bauch im violetten T-Shirt leuchtet hell aus der Trauergemeinde. Nie zuvor hatte Eva einen solchen biergerundeten Bauch umarmt, aber im Angesicht dieser Wärme ausatmenden Erdwunde, in die hinein Paula Ritzenthaler zurückoperiert wird, *ashes to ashes, dust to dust,* hat sie eine plötzliche Lust, es zu tun, Jakobs weiches rotes Gesicht zu küssen, ihm seine nafnaf-Brille mit den dicken Gläsern aus dem Gesicht zu nehmen und sich seinem kleinen, hoffentlich gierigen Mund mit dem abgestorbenen Schneidezahn auszuliefern. Eva ist vielleicht das, was Männer im allgemeinen attraktiv nennen: gross, rothaarig, nicht harmonisch, zu mager, aber mit einem immer leicht offenen, geschwungenen Mund, blitzhellen Zähnen und einem breiten, knochigen Becken. In ihre Körperöffnungen hinein zieht sie die Männer im allgemeinen gegen deren ausdrücklichen Willen.

Der Herr hat gegeben, sagt der Pfarrer, *der Herr hat genommen, gelobt sei der Name des Herrn.*

Jakob würde wahrscheinlich von der überwältigenden Mehrheit aller deutschsprachigen Nichtraucherinnen als hässlich oder gar abstossend bezeichnet, denkt Eva, aber wenn sie die Augen schliesst, wird ihr ganzer Körper warm und gespannt; und so war es auch schon an den früheren Beerdigungen (ein selbstmörderischer Mitschüler; Nathanael-Marias Mutter) gewesen: Sie hatte Lust, mit jemandem Liebe zu machen. Name, Geschlecht oder Fremdheitsgrad einer Person spielten dabei keine Rolle, auch nicht bestimmte körperliche Merkmale, mit einer Ausnahme vielleicht: Eine gewisse Masse musste er haben, der Todestrostkörper, ein unaufhörliches Gewicht.

1

Unmittelbar nach ihrer Geburt aus der Steisslage und sechseinhalb Wochen zu früh wurde Eva die Erbsünde wegnotgetauft; sie mass vierundvierzig Zentimeter und wog ein Kilo achthundert Gramm; das sei zum Sterbenlassen zuviel, entschieden die Ärzte, sie veranlassten den Austausch von Evas gelbsüchtigem Blut und pflanzten sie mitten in die sechziger Jahre unseres zwanzigsten Jahrhunderts hinein, in einen körperwarmen, elektrisch geheizten Brutkasten, wo Eva wachsen und gedeihen sollte.

Gisela besuchte täglich zweimal dieses nackte Bündel Mensch, das also ihre uneheliche Tochter war, die sich ungefragt und überstürzt in ihrer Gebärmutter eingenistet hatte und die nun, mit einem Namensschild ums Handgelenk versehen, abgeschirmt hinter der Glasscheibe in ihrem keimfreien Quader lag. Ich habe eine Tochter, dachte Gisela, eingegossen und konserviert wie ein Insekt der Urzeit in glänzendem Bernstein. Evas Tod hätte sie nicht nur als eine gerechte Strafe empfunden, mehr noch: als ein notwendiges Opfer, als die Erlösung aus einer versteckten Schuld. Offiziell liebte sie drei- bis sechsjährige Kinder von neun bis dreizehn Uhr, sie arbeitete in Ulm als Kindergärtnerin.

2

Zwanzig Jahre später, im März 1985, nach dem Ende aller aargauischen Schulweisheiten, ragte unter dem schweren englischen Wintermantel, den der Vater ihr zur Matur geschenkt hatte, Eva Schindlers rechte magere Schulter etwas höher hinauf als die linke; ein vererbter Haltungsfehler, übernommen aus einer langen Schindlerschen Fehlhaltungstradition; die rechte Schulter stach bei allen Schindlers leicht verkrampft in die Höhe, dafür bot ihnen die Kuhle zwischen Hals und rechtem Schultergelenk eine bequeme Auflagefläche für alle Arten von Umhänge-, Einkaufs- oder Reisetaschen. Selbst bei den angeheirateten oder adoptierten Mitgliedern der Familie entwickelte sich nach spätestens sieben überlebten Ehe- oder Erziehungsjahren diese rechtsseitige Schulterhochstellung, die sich dann, nach geglückten Scheidungen und Abnabelungsprozessen, nur langsam wieder bis zur Unkenntlichkeit verlor. Mit dem Wintermantel hatte Emil seine Tochter in die Freiheit entlassen, er hatte Eva auf die erhöhte Schulter geklopft, jetzt bist du frei gesagt, das ganze universitäre Berufsleben steht dir offen, du hast tausend Möglichkeiten, und der Mantel schrie, flüsterte, hämmerte Eva sein Jetztkannstdumachenwasduwillst! ins Ohr.

Jetzt konnte sie also tun, was immer sie wollte.

Bei diesem Gedanken überfiel sie sofort eine masslose Müdigkeit. Sie schlug die Zimmertüre mit letzter Kraft hinter sich zu, verkroch sich ganze Vor- und Nachmittage mit ihrem langen Körper, zufälligen Bibliotheksbüchern und mindestens 500 g Salami einer italienischen Firma im Bett; und die gedruckten Sätze und das feingeschnittene Fleisch verhalfen ihr zu einem narkotischen Schlaf. Sie wusch und kämmte sich nicht und verschlief sämtliche Rechnungen und Bibliotheksmahnungen, bis ein Betreibungsbeamter sie mit Gewalt aus der inneren Emigration klingelte. Dann erwachte Eva, sah sich im Würgegriff der Realität und unterschrieb jeglichen Zahlungsbefehl.

Die Schlafsucht musste sie von ihrer Mutter geerbt haben.

Evas Vater, Emil Schindler, Besitzer einer ertragreichen Landapotheke im aargauischen Seetal, hatte ihr, wie später auch seinen Söhnen, den Zwillingen Dani und Michi, zum achtzehnten Geburtstag hunderttausend Schweizer Franken überweisen lassen, als Erbvorbezug und in der Absicht, sich nicht mehr um diese Kinder kümmern zu müssen. Das Geld lagerte gemächlich schwindend auf Evas Konto und schien ihr unaufbrauchbar. Kurz nach ihrem achtzehnten Geburtstag, eineinhalb Jahre vor dem erfolgreichen Abschluss der Antiken Kantonsschule, war sie in die Kantonshauptstadt Aarau gezogen, in ein billiges Zimmer einer verstaubten Dachwohnung, die sie mit drei Mitschülerinnen teilte. Von der Antiken Kantonsschule, die sie besuchten, trennte sie nichts als eine lauthals und rasend befahrene Hauptstrasse mit fünf statistisch erfassten Verkehrstoten pro Jahr.

»Aber ... du kannst ja unmöglich von zuhause ausziehen«, hatte Evas Mutter Gisela Schindler, geb. Ritzenthaler, an Evas achtzehntem Geburtstag ungläubig gelacht, sie war sehr blauäugig und naturblond; und ausserdem besass sie, obschon sie immerhin dreiundfünfzig war, ein herziges kleines Gesicht: »Du kannst doch überhaupt nichts im Haushalt, du kannst weder kochen noch waschen, ganz abgesehen vom Bügeln, vom Kloputzen gar nicht zu reden, und somit wirst du unweigerlich in deinem eigenen Dreck ersticken, aber bitte, wenn du es unbedingt versuchen musst –«

Was ihre Mutter nicht wissen konnte: In einem Skilager hatte Eva heimlich Salatrüsten und Risottokochen gelernt. Wegen eines Sonnenbrands, den sie sich am ersten Tag zugezogen hatte, ertrug sie die ganze Woche keinen Sonnenstrahl auf ihrer Haut und musste statt dessen in der Küche mithelfen.

3

In der aargauischen Elitefischzuchtanstalt Antike Kantonsschule, die wegen ihrer durchsichtigen Bauweise und den grünlichen Fenstern allgemein Das Aquarium genannt wurde, schwammen, zusammen mit Eva, um die tausend kleine Lernfische durch tiefe Moor- und Sumpfgewässer, schnappten gierig nach den von übersättigten Lehrer- und Lehrerinnenfischen ausgespienen Wissensbrocken, wurden periodisch kalt geduscht und halbjährlich durch Kläranlagen geschleust, wobei die Stachel- und die sogenannten Dummfische in den Ausschussrechen hängenblieben, während die Aalglatt-, die Intelligenz- und Willensfische im gesäuberten Aquarium ausgestellt wurden. Die Namen der erfolgreich gefütterten Abschlussfische standen alljährlich im städtischen Tagblatt, und hinter den Namen standen die universitären Berufsziele: Medizin, Psychologie, Wirtschaftshochschule, Lateinamerikanistik; lauter Höhere Aquariumswissenschaften. Hinter Eva und einigen anderen war zu lesen: Tausend unbestimmte Möglichkeiten.

Eva war also von Schule und Elternhaus abgenabelt und hatte tausend unbestimmte Möglichkeiten.

Eva fühlte sich vogelfrei; sie fühlte sich, vereinfacht gesagt, häufig wie ein rettungslos schlafkranker, brutal an Land geworfener Intelligenzfisch.

Und Evas Mutter Gisela, 1930 in Süddeutschland geboren, fühlte sich mit ihren fünfundfünfzig zu herzschwach, um die vielen Treppen in den städtischen Dachstock hochzusteigen: Das kommt vom Krieg! behauptete sie, vom endlos bangen Warten auf den Einschlag der neunzigtausend Bomben! (die ihr himmelhohes Elternhaus in der Ulmer Herrenkellergasse in der Nähe des Münsters glücklicherweise verschonten, wie sie auch das Münster und damit den höchsten Kirchturm der Welt verschonten, während sie die meisten Häuser der Altstadt zerstörten, zerschlugen zu einer Wüste aus Steinen, mit dem Ziel, die verkappte Rüstungsindustrie ringsum, die Magiruswerke oder die AEG, die Aus Erfahrung Gutes produzierten, zu vernichten).

Ist es nicht ein Wunder, pflegte Gisela jeweils sonntags nach dem Mittagessen in Emils, Evas, Danis und Michis verdauungsschwere Gesichter zu reden: Ist es nicht ein Wunder, auch in Freiburg im Breisgau sind damals, am 28. November 44, beim Bombenangriff der Engländer zwischen 19 Uhr 50 und 20 Uhr 10, noch Zeichen und Wunder geschehen: Stellt euch vor, sagte sie, zwanzigtausend, vielleicht dreissigtausend Menschen tot auf einen Schlag, weite Teile der Innenstadt verwüstet, aber das Freiburger Münster blieb unversehrt – als hätte Gott seine Hand darüber gehalten.

Danach erhob sie sich aus ihrem breiten Stuhl, schwankte, blickte in die gelangweilte Runde, holte aus dem obersten Tablar des Küchenschranks ihre Herztropfen und murmelte, sie habe schon als Kind ein schwaches Herz gehabt.

»Du treibst zuwenig Sport«, sagte Emil und stand auf, »das ist alles; dein Herz ist verfettet.«

Daraufhin überfiel Gisela eine masslose Müdigkeit, und sie schlief sofort ein; sie lag mit offenem Schoss und offenem Mund im Ohrensessel, ein zu alter, blond gebliebener Engel; eine Botin, die ihre Botschaft im Schlaf ertränkt hatte, und die Kinder entlockten ihr Geheimnisse, fragten in Mutters Träumen nach dem ersten Kuss. Ja, sagte sie dann, die Worte kippten ihr aus dem Mund, sie spuckte Geschichtsfetzen aus, die Eva zu realen Geschehnissen zusammensetzte: In Basel habe ich 1952 für dreissig Franken meinen ersten Wollrock der Firma Hanro gekauft; Eva fragte nach der Farbe; stolz und selber verdient, antwortete die Mutter. Wenn sie aus ihrem Schlaf auftauchte, erinnerte sie sich an nichts.

Später las Eva in Geschichtsbüchern, sogenannte wertvolle Kulturgüter seien im Zweiten Weltkrieg nach Möglichkeit nicht angegriffen worden, und Paula, ihre Grossmutter, schrieb auf Evas Anfrage, die Engländer hätten so eine Art Leuchtkörper über dem Ulmer Münster abgeworfen, um es zu kennzeichnen.

Gegen ihre Herzschwäche half es Gisela nicht, so erfuhren Eva und ihre Brüder in fünfjähriger sonntäglicher Schlafforschungsarbeit, während Vater Schindler sich auf dem Vitaparcours das Mittagessen wegtrainierte; gegen ihre Herzschwäche half ihr damals nicht, dass Karl Ritzenthaler, ihr Vater, Rektor einer Ulmer Grundschule, als Cellist und Kirchenchorleiter ein musikalischer Mensch, und, als Beamter auf Lebenszeit, notgedrungen ein Mitglied der Partei war; keine herausragende Gestalt, ein gewöhnlicher Dulder: einer, der mitlief, mitgrüsste, mitschwieg zur rechten Zeit; der als Zuckerkranker noch für den Volkssturm eingezogen wurde; einer, der morgens seine Klassen durchkämmte nach Kopfläusen und lernfaulen Schülern, die den Text des Horst-Wessel-Lieds nicht beherrschen wollten.

Was ist das für ein Lied, fragte Eva, bitte sing es uns vor. Aber Mutter drückte den Kopf nur noch tiefer in ihren Sessel und schwieg.

Doch eines Sonntagnachmittags, Eva war vielleicht fünfzehn, brachten sie Mutter dazu, schlafbetrunken ihr Kinder- und Jugendlied zu singen. Die Schwarzwalduhr über dem Ohrensessel tickte, abgenagte Pouletknochen lagen auf den Tellern, Eva zog die Vorhänge, Michi schloss wohl zum zwanzigsten Mal den Kassettenrekorder an und drückte auf Aufnahme, dann stellte er seine Stimme so tief und herrisch, wie er nur konnte, und kommandierte hochdeutsch: »Jetzt singen wir das Horst-Wessel-Lied!«, und ein Wunder geschah. Die Mutter mit den immermüden, verschlossenen Augen reckte wie in Zeitlupe ihr Kinn, dann zog sie die rechte Schulter in die Höhe, streckte ihren Arm zum Gruss und sang mit fremder klarer Mädchenstimme: *Die Fahne hoch, die Reihen dicht geschlossen, SA marschiert mit ruhig festem*

Schritt; dabei verjüngte sich ihr Gesicht, ein feierlicher Ernst und eine verlorene Gläubigkeit belebten ihren Teint, sie strahlte vor Hingabe und war furchtbar schön, ihr Arm streckte sich höher und höher, *der Tag für Freiheit und für Brot bricht an,* triumphierte sie, und es schien, als würde sie gleich aufstehen und losmarschieren; dann verstummte sie abrupt, als hätte einer sie geschlagen, liess den Arm in ihren Schoss fallen und sackte lautlos in sich zusammen.

Eva rannte in die Küche und wieder zurück, riss Mutters Oberkörper nach hinten, steckte ihr die Pipette mit den Herztropfen zwischen die schlaffen Lippen und massierte ihre Brust, Michi riss das Kabel aus der Steckdose, während Dani langsam das Fenster öffnete und seinen Blick auf der Oberfläche des Hallwilersees hin- und hergleiten liess. Es war ein ausgesprochen windstiller Tag, man sah kaum Segelboote auf dem See, und als Mutter die Augen aufschlug, murmelte sie verwundert, »ich muss mal wieder eingeschlafen sein«.

Nach dem Krieg wurde Karl Ritzenthaler als Rektor abgesetzt.

Er unterrichtete ein halbes Jahr später an einer anderen Schule weiter und suchte die dortigen Schülerköpfe nach Kopfläusen ab, die sich aber nach wenigen Jahren, im Zeitalter des wirtschaftlichen Aufschwungs und der allgemeinen Verfügbarkeit von Shampoo und heissem Wasser, unter die Schädeldecken verkrochen, sich dort emsig vermehrten, um gegen Ende der siebziger Jahre, in der Verbannung resistent geworden, trotz immer neuen Shampoos und Haarlotionen ein grandioses

Comeback zu feiern; in sämtlichen mitteleuropäischen Illustrierten erhielten die Kopfläuse Titelblätter und Schlagzeilen.

Aus Gisela war 1952 eine Kindergärtnerin mit blonden Dauerwellen und Nylonstrümpfen geworden; ihren süssen Mund zierte ein dezentes Rosa, eine aufstrebende kleine Nase hatte sie auch, und sie wohnte noch zuhause bei den Eltern.

Ihre Kindergartenkarriere dauerte beinahe dreizehn gleichmässige Jahre; währenddessen bewegte sich Gisela nahe an den Hausmauern der Stadt, sie wählte den kürzesten Weg vom Kindergarten in die Herrenkellergasse und wieder zurück; ihr sorgfältig zurechtgezupftes Gesicht hielt sie nach Möglichkeit im Schatten. In den Ferien reiste sie, ohne genau zu wissen warum, aber mit einer unbestimmten Sehnsucht oder Bereitschaft im Körper, gerne allein in die Schweiz.

Im Dezember des Jahres 1964 entschlief Giselas Vater sanft, aber unerwartet als siebzigjähriger, zuckerkranker, verdienter Bürger dieser schwäbischen Stadt; es war die Zeit, wo Eva in Basel gezeugt wurde: Als ihr Vater im Sterben lag, vögelte Gisela im Alter von vierunddreissigeinhalb Jahren zum ersten Mal in ihrem Leben, ohne grosse Worte und beinahe lautlos, in einer fremden Stadt, im Hinterzimmer einer Basler Apotheke, und noch dazu mit einem verheirateten Mann, von dem sie nichts als den Namen und den Beruf wusste: Emil Schindler, Apotheker.

Emil war achtunddreissig, gross und stattlich, fand Gisela; die rechtsseitig hochgestellte Schulter imponierte ihr, und sie wusste es einfach, als sie die

Apotheke betrat: Eine solche Schulter war für sie zum Ausschlafen wie geschaffen. Einzig sein Unterkiefer irritierte sie, doch es rührte zugleich an ihr Herz, wie willenlos dieser Unterkiefer in der trägen Masse eines Doppelkinns versank. Gisela hätte an diesem Dienstag, den 29. Dezember 64, kurz vor Ladenschluss, bloss vorbeugend ein Aspirin gegen ihre Kopfschmerzen gebraucht, die ihr das Jahresende jeweils zu bescheren pflegte, und das Wort vögeln hätte sie niemals in den Mund genommen (auch das Wort Verhütung nicht), aber Emil sagte zu ihr, als sie nackt auf der Couch im Hinterzimmer der Apotheke lagen (und er bemühte sich, hochdeutsch zu sprechen): »Vorhin, beim Vögeln, da sahst du ganz jung aus; schön.« Und Gisela sah bei Emils Worten, wie sich über ihren Augen der siebte Himmel mit lauter Paradiesvögeln öffnete; und in tiefster Schlafbetrunkenheit erzählte sie später ihren Kindern, ihr höchstpersönlicher Himmel habe sich damals über der Apothekercouch, auf der sie lag, aufgerissen, und Karl Ritzenthaler, ihr Vater, habe sich vom Himmelsthron, auf dem er sass, kopfüber in die Tiefe gestürzt.

4

Während Karl Ritzenthalers freiem Fall aus ihrem persönlichen Himmel schaute Gisela Ritzenthaler auf die Schwarzwalduhr über der Apothekercouch, und die Uhrzeit schlug ein in ihr Gedächtnis: neunzehn Uhr zehn, neunzehn Uhr zehn; am

29. Dezember um neunzehn Uhr zehn stürzt der Vater von seinem Himmelsthron –

Und Emil antwortete sie um neunzehn Uhr zwölf: So habe ich mich auch gefühlt; jung, und . . . frei.

Und so verliebte sich Gisela; sie verliebte sich lebenslänglich in Emils zehn Worte: Vorhin, beim Vögeln, da sahst du ganz jung aus; schön. Und Emil verliebte sich, obwohl er verheiratet war, fernverheiratet allerdings, vorübergehend in die gelungene Mischung, die seiner Meinung nach Gisela ausmachte; sie schien ihm gleichzeitig unerfahren, schamhaft und sehr sexy.

Emils Ehefrau lebte in Berlin hinter dem Stacheldraht. Sie war seine Cousine, die er auf sanften Befehl seiner Mutter Johanne, mit der er in Basel zusammenlebte, geheiratet hatte, damit er (wenn auch am liebsten nur auf dem Papier), seinem Stand und Alter angemessen, endlich eine Ehefrau habe. Diese Ehe war, wenn man Emil Glauben schenken darf, nie vollzogen worden.

Als Gisela vom Urlaub nach Hause kam, war sie schwanger, und ihr Vater war tot; er war am 29. Dezember um neunzehn Uhr zehn sanft entschlafen. Gisela glaubte nicht an den Zufall, sie dachte an ihre Tat auf der Couch, an Vaters freien Fall und an ihre darauffolgenden Worte; sie war, so absurd es auch sein mochte, *credo quia absurdum*, besessen von der Vorstellung ihres Vatermords und suchte verzweifelt nach einem Opfer, das sie aus ihrer geheimen Schuld erlösen könnte. Inzwischen wuchs Eva, noch namenlos, dem Licht hinter der Bauchdecke entgegen.

5

Paula Ritzenthaler registrierte bald, dass keine gebrauchten Damenbinden mehr im Mülleimer des Badezimmers lagen, wie sie dort allmonatlich hätten liegen sollen. Daraufhin sah sie Gisela beim alltäglichen Gedankenaustausch über die besten und billigsten Brot- oder Wurstsorten aus den verschiedenen Geschäften scharf ins Gesicht: Um Giselas Augen hatte sich Wasser eingelagert, für Paula ein untrügliches Zeichen; und mehrmals beobachtete sie heimlich ihre Tochter, wie sie nachts im Dunkel vor dem offenen, beleuchteten Kühlschrank kniete und sich Wurst, Marmeladebrote, Essiggurken und hartgekochte Eier mit hastigen Fingern in den Mund schob.

Eines Abends, als Gisela vom Kindergarten nach Hause kam, sie trug bereits bequeme Schuhe mit flachen Absätzen, stand ein altes Kinderbett in ihrem Zimmer, in der Waschküche trockneten Babykleider, und Paula sagte, während sie die Kartoffeln fürs Abendessen schälte: »Wer ist denn eigentlich der Vater?« Gisela fiel vor Schreck auf den Küchenstuhl und versank bodenlos tief in ihrer Scham, und nachdem sie sich zu Tode geschämt hatte, jammerte und rechtfertigte sie sich:

Ich – wir können nicht heiraten, aber glaub mir, ich war wirklich –, bis vor drei Monaten habe ich nie mit einem Mann, Emil ist Apotheker, aber leider schon mit seiner Cousine –, immerhin werde ich bald fünfunddreissig, und –

»Reg dich bloss nicht auf«, befahl Paula, »das schadet dem Kind, und deck schon den Tisch.«

Aber ich –! Die Aufregung verschloss ihr den Mund, ein unaufhörliches Gewicht legte sich auf ihre Augen, und innert Sekunden war Gisela eingeschlafen.

Das schaffen wir schon, bestimmte Paula und stand kopfschüttelnd vor ihrer Tochter, klein und zäh, mit ihren dunkelblauen Augen jeden Widerstand auflösend, und Gisela ergab sich schlafbetrunken in ihr selbstverschuldetes Schicksal.

Umittelbar nach ihrer Geburt aus der Steisslage am 10. August 1965, sechseinhalb Wochen vor dem Termin, wurde Eva die Erbsünde wegnotgetauft. Sie mass vierundvierzig Zentimeter und wog ein Kilo achthundert Gramm; das sei zum Sterbenlassen zuviel, entschieden die Ärzte, sie veranlassten den Austausch von Evas gelbsüchtigem Blut und pflanzten sie mitten in die sechziger Jahre unseres zwanzigsten Jahrhunderts hinein, in einen körperwarmen, elektrisch geheizten Brutkasten, wo Eva wachsen und gedeihen sollte. *Grosser Gott, wir loben dich,* sang Gisela als Sopranistin im Kirchenchor, während sie inwendig schrie, *und wenn du mich liebst, so nimm mein Opfer an.*

Und Emil überlegte sich, wenn er denn schon Vater geworden sei, sollte er sich vielleicht doch um eine Scheidung von seiner ersten Frau bemühen und die Mutter seiner Tochter heiraten.

6

Evas Zwangsvorstellung einer Kindheit: ihre eigene zweigeteilt, Giselas Kindheit im Gleichschritt, Nathanael-Marias Kindheit veruntreut, Heinrichs oder Jakobs verschlossene Kindheit: es erscheint ihr die Kindheit als schwierigstes oder unzugänglichstes oder beschämendstes aller möglichen Lebenskapitel. Köpfe und Körper, Gehirnzellen, Nervenenden, Unterarmknochen und rechtsseitig hochgezogene Schulterblätter, Darmzotten, Herzkranzgefässe oder Lungenbläschen errichten lebenslänglich ihr Bollwerk gegen den Einbruch der onto- und phylogenetischen Urzeit; Köpfe und Körper treiben ihrer vorsprachlichen Erfahrung den Teufel aus, schaffen sich unentwegt Bilder einer glücklichen Kindheit, versichern sich gegenseitig eines Horts einlullender Wärme und gebärmütterlicher Geborgenheit, archivieren Fotos von lächelnden Eltern und einem segnenden Pfarrer, konstruieren eine Erinnerung an glatte, glänzende Oberflächen der Kinderwelt, an rote Ballone und Karussellfahrten.

Zu ihrer Kindheit gibt es kaum sehr viel mehr zu sagen, als dass Eva präzis alle drei Stunden die ärztlich verordnete Menge Milch aus der Schoppenflasche schluckte und anständig auf dem Bauch schlief, die Händchen zur Seite gelegt. Später liess sie sich, ohne im Übermass zu schreien, wiederholt für Blutkontrollen in den Arm stechen, wurde geimpft gegen Diphterie, Starrkrampf und Kinderlähmung und überlebte so die inwendigen Schreie ihrer Mutter, ohne zu wissen, welche Not sie ihr damit bereitete. Ihre ersten fünf Jahre verbrachte Eva als uneheliches Kind bei Paula und Gisela Ritzenthaler in der Herrenkellergasse der Stadt Ulm.

Emils Mutter Johanne starb 1969. Ein Jahr später wurde Emil Schindlers Annullationsgesuch für die Ehe mit seiner Cousine stattgegeben, und Evas Eltern heirateten in einer katholischen Kirche. Die neue Familie Schindler zog ins schweizerische Mittelland, in eine ehemalige Zigarrenfabrikantenvilla mit Blick auf den Hallwilersee und Dienstbotenkammern unter dem Dach. Nach einem weiteren Jahr wurden Evas Zwillingsbrüder geboren, Daniel und Michael. Die Zeit ihrer frühen Kindheit in Süddeutschland versank wie eine Bleikugel in Evas Gedächtnis. Nur einmal noch, zu ihrem fünfundsiebzigsten Geburtstag, besuchten sie Paula. Emil hatte Sonntagsdienst und war in der Apotheke im Seetal geblieben, Dani und Michi lachten über die lustigen schwäbischen Wörter *Grüss Gottle* und *Adele* und wussten weiter nichts mit der Oma anzufangen. Sie sassen zu viert in einer Reihe auf dem Sofa im abgedunkelten Wohnzimmer, Gisela und Eva an den Rändern, Daniel und Michael in der Mitte, ein Foto wurde gemacht, und Oma lief mit ihren arthritischen Knien geschäftig die Stockwerke auf und ab und servierte eine Buttercremetorte, die so himmelhoch und zeitaufwendig war wie ihre Alleinsamkeit. Beim Nachmittagsspaziergang schmeckte die Stadt bitter; Eva hielt sich rechts an ihrer Mutter, links an der Oma fest und lief mit zusammengekniffenen Augen und zugestopften Ohren zwischen den beiden her.

Ihr Vater blieb ein nützlicher Fremder für Eva.

Die fünf Familienmitglieder verteilten sich ohne grössere Zusammenstösse in den vierzehn Zimmern der Villa am See; bei Tisch liess Emil seiner Frau und den Kindern den Vortritt; er begnügte sich mit allfälligen Resten und bevorzugte Esswaren, deren Konsumationsfrist abgelaufen war; es sei das Vorrecht der Jugend, gierig und gefrässig zu sein, verkündete er; und wenn die Mutter von den Kindern den sonntäglichen Kirchenbesuch verlangte und ihn um Unterstützung bat, murmelte er verdrossen: Macht um Himmels willen was ihr wollt, ein jeder soll in seiner Freiheit leben. Auf Wunsch der Kinder verdeckte er sogar die Schulnoten und unterschrieb sämtliche Zeugnisse blind.

7

Im März 1985, am Ende ihrer Schulzeit, somit am Nullpunkt aller weiteren Erkennbarkeit und zugleich am eingetrichterten Anfang allen Lebensernstes, lag ein schweres Tuch auf Eva Schindlers Schultern: die Freiheit.

Eva sah aus dem Fenster ihrer Dachkammer auf die Strassen und Häuser der kleinen Stadt. Vor Jahrhunderten, dachte sie, war diese Kantonshauptstadt ein geschlossenes Oval gewesen; ausfransend lag sie jetzt, und an den Rändern in den Himmel stechend, die flachen Wiesen unter sich erstickend. Eva war jetzt also zwanzig Jahre alt, erwachsen und ausgesperrt aus ihrer bisherigen

Heimat Schule; ausgestossen vom angenehm gleichmässigen Rhythmus der Stunden, ausgegrenzt vom kopfschmerzenden Quietschen der Kreide an der Wandtafel; und was ihr übrig blieb, waren diese masslose Müdigkeit, vier senkrechte Wände, eine Decke über dem Kopf und ein Spannteppichboden unter den Füssen.

Eva hatte Zeit. Sie lief, von aussen her betrachtet, wochenlang, aber zielgerichtet durch die Strassen, Läden und Toiletten der Speiserestaurants dieser Stadt und blieb eines Tages nachmittags um vier vor der Kosmetikabteilung eines Warenhauses stehen, ihr Blick fiel in die barmherzig getönten Spiegel, und sie war plötzlich glücklich, sekundenlang und kindisch glücklich über die Entscheidung der Natur, sie so aussehen zu lassen, wie sie eben aussah: eine feingeschliffene Glätte lag in den grünen Augen, ihr Gesicht war zusammengesetzt aus vielen ausgeschlafenen Quadratzentimetern sommersprossiger Haut, einer langen schmalen Nase und geschwungenen, hellen Lippen, die fast übergangslos einflossen in die umliegende Gesichtsfläche. Ihr Körper war ziemlich mager, langknochig und zäh; sie hatte ihn jahrelang durchtrainiert: Schwimmen, Laufen, Hochsprung; und doch hatte er sich, je mehr sie sich mit den Zeiten und Höhen beschäftigte, die dieser Körper erreichen konnte, auch um so weiter von ihrer Wahrnehmung entfernt, und sie trug ihn so achtlos mit sich herum wie eine vor langer Zeit zusammengefaltete Plastiktüte, die sie für irgendeinen Notfall zuunterst in ihrer Handtasche vergraben hatte.

Andere aus meiner Klasse, dachte sie, studieren Chemie oder Theologie, oder sie lassen sich zu Primarlehrern ausbilden; einer hatte sich vorher umgebracht, eine reiste um die Welt, Eva nahm eine hellgrüne Puderdose aus dem Regal und wünschte sich ein Kind.

Sie lebte noch immer zusammen mit den drei ehemaligen Mitschülerinnen; Karin machte nach der Matur eine Lehre als Schneiderin; sie hatte sich das grösste und sonnigste Zimmer ausgesucht, sie kräuselte ihren Mund liebenswert beim Sprechen, war strohblond gelockt, und ihr Freund, so dachte Eva, trug zu Recht den Namen Felix. Obwohl sie nicht begriff, wie es möglich war, einen anderen Menschen über Stunden, Tage oder gar Monate neben sich zu ertragen, ohne ihn danach zu hassen oder zu verachten. Die Wohnung hatte durchlässige Holzwände, Evas Kammer grenzte an Karins Reich, und wenn Eva im Bett lag, presste sie ihr Ohr an die Trennwand. Dass eine Frau so helle, spitze Schreie einfach in die Welt hineinwarf, hätte Eva für sich als unverschämt empfunden, bei Karin fand sie es selbstverständlich, und wenn Karin bei Felix übernachtete, legte Eva sich stundenlang auf Karins Bett und atmete tief, als könne sie sich all das einverleiben: die immerfrische weisse Bettwäsche; die bunten Leitz-Ordner mit Karins grosszügiger, in eine Zukunft drängender Schrift; und wie das Licht ruhig strömend auf die Gegenstände in Karins Zimmer fiel, sie verwandelte in unverstaubte Zeugen eines fremden Glücks.

Einmal Anfang Juni 1985 zog Eva Karins helle Leinenhose an. Sie traf sich mit einem zufälligen

Liebhaber auf einer Jurawiese ausserhalb der Stadt; ein Liebhaber war etwas, das man eben ab zu hatte, und die Hose bekam Grasflecken. Als Eva an diesem Abend die Haustür öffnete, stand Karin oben an der langen gewundenen Treppe, die zur Wohnung führte, beugte sich über das Geländer und hatte mit einem Blick Evas lächerliche Schuldigkeit erfasst. Sie sagte bloss: »Aha!« Eva stieg Stufe um Stufe höher, getrieben von Karins stechenden Augen, im zweiten Stock fühlte sie, wie Scham und Angst die Glaskörper in ihren Augen zu schmerzenden Kristallen geformt hatten; sie blieb erschöpft stehen, schloss ihre Augen und holte tief Luft, dann drehte sie sich um, rannte die Treppe hinunter, zwei, drei Stufen auf einmal nehmend und floh aus dem Haus, während Karin aus dem Fenster nach ihr schrie: »Ich will meine Hose wiederhaben!«

Eva übernachtete dreimal bei Bekannten, und in der vierten Nacht, es war ein Samstag, und Karin pflegte samstags auszugehen, schlich Eva in die Wohnung. Sie packte ihren ganzen Besitz: zwei Paar unzerrissene Jeans, Pullover, Unterwäsche, Kosmetikartikel und ungefähr fünfzehn Bücher in ihre Reisetasche; die gewaschene Leinenhose legte sie vor Karins Zimmertür. Das Waschen hatte nicht viel genützt. Sie schickte dem Vermieter die Kündigung, das Zimmer war möbliert gewesen, die Bettanzüge schenkte sie ihm.

8

Hubert schien ihr die Unmittelbarkeit in Person.

Sein Gesicht leuchtete, überschüssiger Talg lag selbstverständlich auf seiner Haut, er sah ein bisschen aus wie Fassbinders aalglatter jüngerer Bruder, dem alles gelingen würde; seine Finger zeigten immer irgendwohin, er gestikulierte, als schwirrten um seinen Körper tausend greifbare Möglichkeiten. Am 10. Juni 85, an Rainer Werner Fassbinders drittem Todestag, sassen Eva und Hubert zufällig nebeneinander in Zürich im Kino. Eva wartete auf ein Ereignis, das aus ihrem Leben eine Existenzmöglichkeit auswählen und die übrigen neunhundertneunundneunzig Möglichkeiten daraus verbannen würde. Gespielt wurde ›Die Ehe der Maria Braun‹, und als am Schluss des Films Maria in einer selbstverursachten Gasexplosion stirbt, nachdem ihr Ehemann, den sie liebt, Jahre nach dem Krieg endlich zu ihr zurückgekehrt ist, sagte Evas unbekannter Nachbar, er sprach hochdeutsch: »Mein Zug geht in dreissig Minuten, kommen Sie mit, ich habe zwei Fahrkarten, Gleis elf.«

Eva überlegte blitzschnell; ihr ganzes zukünftiges Leben raste vor ihren Augen, sie sah Grossstädte, Feuerwerke, Bahnhöfe, und die Vorstellung einer erträglichen Leichtigkeit des Seins katapultierte sie in schwindelerregende Höhen. Ich hole nur noch mein Gepäck, sagte sie und bemühte sich, möglichst gelassen zu wirken.

Erst als der Zug bei Buchs die Schweizer Grenze passiert hatte, fragte sie, wohin die Reise gehe.

»Nach Wien«, antwortete er.

Dann also Wien, dachte Eva.

»Wir haben uns einander noch gar nicht vorgestellt«, sagte der Mann später, »mein Name ist Hubert Schlosser, ich bin 36 Jahre alt und wohne in Düsseldorf. Mein Beruf ist die Herstellung einer präzisen Wiederholbarkeit«; und auf Evas fragenden Blick ergänzte er: »Ich arbeite am Theater.«

Ich stehe zu Ihrer Verfügung, antwortete Eva und zog sich langsam aus.

Es schwindelte ihr vor lauter Lust und Lebensentscheidung im Schlafwagen nach Wien.

Natürlich hatte der Schwindel ein Ende; es erwies sich die Unwiederholbarkeit, Hubert leitete einen zweiwöchigen Workshop für Schauspieler, und Wien defilierte als lautloser Schwarzweissfilm an Evas Augen vorüber; sie betrachtete diese zahllosen Menschen, sah ihnen zu, wie sie sich in Rhythmen versteckter Traurigkeiten durch die Gassen schleppten; die ganze Stadt schien ihr in jahrhundertealte Watte verpackt und sich selbst vollkommen zu genügen.

Dann eben nicht Wien, dachte Eva.

Und so bezogen Eva und Hubert eine kleine Wohnung in Zürich, wo Hubert zeitweise arbeitete; meistens war er jedoch unterwegs, er inszenierte an kleinen Theatern und unterrichtete überall, Sprechtechnik, den Sommernachtstraum oder das Wintermärchen; er war an jeder deutschsprachigen Theaterpremiere, und Eva lief inzwischen durch immer neue Städte und Einkaufszentren, hielt den Kopf gerade nach oben und verlor ihre Orientierung im Himmel zwischen den Häuserblocks. In der Nähe vom Zürcher Paradeplatz arbeitete sie für ein Werbeinstitut; sie stand auf der Strasse, sprach ziellos vor sich hin Gehende an und drückte ihnen zwanzig Franken steuerfrei bar in die Hand. In ihrem Büro zeigte sie ihnen Werbefilme für Duschprodukte, Instantsuppen oder Damenbinden und füllte die dazugehörigen Fragebögen bezüglich der Wirksamkeit dieser Filme aus, die später von den Firmen ausgewertet wurden.

Es wurde nicht besser; Eva und Hubert waren beide zu vorsichtig bemüht, möglichst schwerelos aneinander vorbei zu leben.

Hubert war klein und gedrungen; er trug am ganzen Körper den Schutz einer glatten dunklen Haut. Wenn er in Zürich war, rief seine Mutter jeden Morgen um sieben Uhr an, um ihn zu wekken; er hatte eine Tochter in Düsseldorf, die er selten besuchte; Fotos von ihr lagen in allen Winkeln der Wohnung. Jeden Abend trank er eine Flasche magenschonenden Weisswein, schluckte Schlaf- und Beruhigungstabletten, zweimal täglich Betablocker gegen Bluthochdruck, und eines Nachts, es war gegen Ende des Winters, als Eva und Hubert, wie so oft, vergeblich nebeneinander lagen im Bett, er im Pyjama, sie nackt unter hochgezogener Decke und angestrengt, die Gesichtsmuskulatur einzustellen auf: müde, aber glücklich, sagte er:

»Gestern nacht ist meine Mutter gestorben.«

Deine Mutter? sagte Eva erstaunt, aber sie hat doch heute früh noch telefoniert –

»Ich fliege morgen nach Amsterdam«, fuhr Hubert fort, »übermorgen ist die Beerdigung.«

Aber wieso Amsterdam? fragte Eva verständnislos, ich dachte – also wenn du es wirklich wissen willst: Ich kann gut auf ihre Weckdienste verzichten. Es tut mir leid für dich, aber sie war doch schon weit über siebzig.

»Sie war zweiundachtzig«, präzisierte Hubert, »aber du scheinst ja überhaupt nichts zu begreifen!« schrie er, »ich habe meine Mutter geliebt.«

Und nach langem Schweigen sagte er: »Meine Mutter, die mich immer aus Düsseldorf anruft, ist nicht meine richtige Mutter, sie hat mich adoptiert, als ich zwei Jahre alt war. –

Ich erzähle dir jetzt eine Geschichte», sagte Hubert, »eine unglaublich wahre Geschichte.« Er sah Eva während den folgenden Sätzen scharf ins Gesicht, sein Körper war starr, kein Muskel schien sich zu bewegen, die Sätze fuhren waagrecht und schnell aus seinem Mund: »Ich bin 1949 in Amsterdam geboren. Meine Mutter war Jüdin. Sie war früher mit einem Herrn Goldschmidt verheiratet gewesen und hatte drei Töchter. Meine Halbschwestern. Sie leben heute in Israel; eine heisst Eva, so wie du. Mein richtiger Name ist Nathanael-Maria. Der Ehemann meiner Mutter war tot; du kannst dir denken, wie er umgekommen ist. Nach dem Krieg lebte sie in Amsterdam und verliebte sich in einen verheirateten Mann namens Frank. Sie war sechsundvierzig und wurde von ihm schwanger; das bin ich. Ausserdem habe ich eine weltberühmte Halbschwester, die man vor meiner Geburt umgebracht hat.«

Frank, sagte Eva mechanisch. Du meinst Anne Frank.

»Anne Frank wäre meine Halbschwester, hätte man sie nicht vor meiner Geburt vergast«, sagte Nathanael-Maria. »Meine Mutter war fast siebenundvierzig bei meiner Geburt und krank. Sie war Opernsängerin und reiste mit mir allein durch halb Europa. Als ich zwei Jahre alt war, gab sie mich zu Adoptiveltern nach Düsseldorf. Sie tauften mich katholisch auf den Namen Hubert.«

Aber warum –

»Ich weiss es selbst nicht; ich habe es nie gewagt, meine Mutter danach zu fragen, und jetzt ist es zu spät; da gibt es vielleicht gar nichts zu verstehen. Ich habe meine Mutter kennengelernt, als ich sechzehn war und von zu Hause ausgerissen; ich wollte Schauspieler werden –«

Und dein Vater?

»Ich habe ihn zweimal in Basel besucht, wo er bis zu seinem Tod gelebt hat; und beim zweiten Besuch gab er mir immerhin indirekt zu verstehen, ich sei leiblich sein Sohn.«

Unmittelbar nach der Beerdigung zeugten Eva und Nathanael in einem Amsterdamer Hotel, in begreiflicher Verwirrung, aber ohne den Wunsch, gemeinsam ein Kind aufzuziehen, Heinrich.

Damit hatte diese Liebe ihren Zweck erfüllt, und sie endete taubstumm.

9

Neun Monate minus drei Tage später, am 19. November 1986 um vierzehn Uhr nullneun, gebar Eva mit Hilfe einer die Schmerzen betäubenden Epiduralanästhesie im Limmattalspital Schlieren bei Zürich einen Sohn; um dessen Hals lag zweireihig und schimmernd wie eine pulsierende Perlenkette die fleischige Nabelschnur. Der Arzt zog den Kindskopf mit der Saugglocke aus Evas Körperinnerem, ein zerquetschtes Gesichtchen erschien blauweiss zwischen ihren Schenkeln; die Hebamme packte den leblosen Körper, saugte ihm den Schleim aus den Nasenlöchern und legte ihn unter ein Sauerstoffgerät. Während der letzten Presswehen hatte Eva nein! niemals! geschrien und gebrüllt, sie wolle wieder nach Hause. Während der ganzen Geburt hatte Eva sich gefühlt, als würde dieses Tor, durch welches ein wehrloser Kindskörper ins Leben gedrängt wurde, sich lautlos und für immer hinter ihr schliessen. »Es erholt sich«, sagte der Arzt, »es ist ein Junge, ich gratuliere, das haben Sie gut gemacht.«

Später lag Eva im Spitalbett, flankiert von zwei rosigen Müttern, und hörte unzählige Worte, die hoch über ihrem Kopf hin- und herflogen, ein Pingpong grellbunter Schmetterlinge: Wie heisst Ihre Kleine?, Natalie! Ach wie süss, meine heisst Melanie!, Mein Mann ist so glücklich, dass es ein Mädchen ist, Mädchen machen weniger Arbeit, glaubt er!; und die Mütter lachten, als gäbe es nichts Fröhlicheres. Und Eva erschrak nur noch mehr, beängstigend unverdient schienen ihr die harmlos fleischfarbene Oberfläche ihres Babys, seine normale Grösse, das durchschnittliche Gewicht sowie das Fehlen jeglicher Merkmale einer Missbildung oder Behinderung. Eva lag im Spitalbett, starrte die fünfzig Zentimeter Länge ihres Sohnes an, der, eingewickelt in gelben weichen Plüsch, mit rührend umgestülpter Unterlippe im Halbschlaf wimmerte, und zerbrach sich den Kopf. Das heisst, sie hätte sich die Schädelplatten an diesem Abend gern wirklich aufgebrochen: Was habe ich denn schon in meinem Leben getan, fragte sie sich, von dieser komischen Tätigkeit abgesehen, deren Konsequenz nuckelnd an meiner Brust liegt? Ich habe die üblichen Kinderfreiheiten genossen, ich habe zahllose Stunden angelehnt auf Stühlen verbracht, ich habe die Streckmuskeln meines rechten Armes trainiert, um in der Schule zu Wort zu kommen; ich bin auf der roten Tartanbahn der Kantonshauptstadt als Leichtathletin des Bürgerturnvereins vielleicht einmal um die Welt gelaufen; nein, das ist übertrieben, wäre ich wirklich losgerannt, westwärts, über Frankreich, Spanien, Portugal, vorbei an Grossstädten, Feuerwerken, Bahnhöfen, wie ich es mir immer gewünscht habe, und hätte das Meer sich wie bei Moses geteilt: ich wäre vor über einem Jahr, als ich aufhörte, gegen die Zeit in ovalen Bahnen zu laufen, irgendwo zwischen dem europäischen und dem amerikanischen Kontinent kläglich ertrunken.

Das sei die Depression post partum, stellte der Arzt fest und machte Kreuze für die Statistik: Alter der Mutter: 21, verheiratet: nein, Kaiserschnitt: nein, Wochenbettdepression: ja. Das kann jeder passieren, hatte der Arzt Eva beruhigt, nicht nur den Frauen in Ihrer Situation.

Hubert hatte inzwischen seinen ersten Namen Nathanael-Maria und eine Professur an der Hochschule der Künste in Berlin angenommen.

Und weil das Kind nun einmal da war, brauchte es auch einen Namen.

Eva liess sich von einer Krankenschwester ein Lexikon der Vornamen bringen und las einen Namen nach dem anderen dem neben ihr sanft atmenden Säugling vor. Von A bis G schlief das Kind gleichmässig tief, es wollte kein Adolf werden, kein Beat, kein Felix und auch kein Franziskus. Bereits etwas heiser langte Eva bei Heinrich an, und als sie Heinrich sagte, stülpte das Kind seine Unterlippe nach unten und begann zu weinen. Eva nahm das Weinen als Zeichen, sie dachte: lachen kann er ja noch nicht, und nannte ihn Heinrich Benedikt: den Gelobten. Sie stillte ihn, sie wickelte ihn; sie tröstete ihn, wenn er schrie, und weil sie soviel Zeit, Kraft und Geld in Heinrich investierte, geschah es unvermeidbar: sie begann ihn zu lieben. Dieser Liebe, dachte sie entsetzt, könne nur der Tod ein Ende setzen.

Epilog

An Paula Ritzenthalers Beerdigung spielte ein alter, kettenrauchender Ungar auf der dumpfen Orgel der Abdankungskapelle 1 des Neuen Ulmer Friedhofs Paulas liebste Musik, die Fantasie und die

Fuge in g-Moll von Johann Sebastian Bach, BWV 542. Schon vor Beginn der Abdankung roch die Kapelle nach den stark parfümierten Zigaretten des Organisten, und während des Pfarrers Rede fingen manche Trauergäste an zu husten. Eva sitzt eingeklemmt zwischen Heinrich und Nathanael-Maria, mein Beruf ist die Herstellung einer präzisen Wiederholbarkeit, denkt sie und begreift nicht, warum er ausgerechnet zur Beerdigung ihrer Grossmutter gekommen ist, nachdem sie ihn viereinhalb Jahre lang nicht gesehen hatte; als Heinrich zwei Monate alt gewesen war, hatte Eva sich an seine Existenz gewöhnt; bei schönem Wetter setzte sie sich mit ihm auf eine Parkbank im Innenhof der Zürcher Siedlung und las in einer Elternzeitschrift über SIDS, das Sudden Infant Death Syndrome, den plötzlichen Kindstod; laut Statistik hört eines von tausend gesunden Babys während des ersten Lebensjahres ohne Vorwarnung im Schlaf zu atmen auf, mein Beruf ist die Herstellung einer präzisen Wiederholbarkeit, ich arbeite am Theater, so hatte Nathanael-Maria sich im Zug nach Wien vorgestellt, wissenschaftlich haltbare Erklärungen gibt es dafür keine, das Atemsystem ist während des ersten Lebensjahrs noch instabil. Eva war sofort nach der Lektüre überzeugt zu wissen, woran Heinrich sterben würde, und durchwachte manche Nächte allein in der Dreizimmerwohnung, neben Heinrichs Kinderbett auf dem kalten Boden sitzend, zitternd und frierend; und ihre panische Angst, Heinrich könnte im Schlaf zu atmen aufhören, verwandelte sich unmerklich in den Wunsch, der Tod möge so einfach, ohne ihr Verschulden, das Kind aus der sanften Umklammerung des Schlafes befreien und es in seinen Armen bergen; sie sieht den Hinterkopf ihrer Mutter, der ungarische Organist zieht sämtliche Register seines Könnens, ihre Mutter Gisela ist endlich grauhaarig und alt geworden –

Fünfhundert Franken Alimente im Monat bekam sie fürs Kind, und Nathanael-Maria schenkte Heinrich zum ersten Geburtstag eine farbige Holzbahn. Seine versuchte Umarmung missglückte, Heinrich hatte vier Zähne, und er biss den Fremden, der Papa heissen sollte, wütend in die linke Brustwarze.

Später hatte Heinrich gelernt, auf zwei Beinen aufrecht zu gehen, mit dem Löffel zu essen und dass man Leintücher nicht mit der Schere kaputtschneiden darf, aber er tat es trotzdem. Eva wusste nicht, wie sie ihn daran hindern sollte.

Was ich immer geglaubt habe, ist falsch, denkt Eva, auch Heinrich hat sich zu einem Meister des Vergessens entwickelt, die Luft in der Abdankungskapelle ist zum Ersticken; als ich ihn an seinem fünften Geburtstag gefragt habe, ob er denn nicht traurig sei, weil er seinen Vater nicht kenne, sah er mich nur irritiert an und antwortete: »Wieso? Ich habe vergessen, dass ich einen Vater habe. Und wenn ich keinen Vater habe, dann bin ich auch nicht traurig, dass ich ihn nicht kenne«; was ich immer geglaubt habe, ist falsch: Das Unerträgliche ist nicht die Unwiederholbarkeit, sondern der Zwang zur Wiederholung, diese ganze Familie, diese ganze disparate Beerdigungsgesellschaft ist ein einziger Haufen von Wiederholungstätern; die

Abdankungskapelle ist überfüllt mit den überlebenden ehemaligen Kollegen und Nachbarinnen meiner Grosseltern; diskrete, frisch rasierte Herren, die sich heimlich nach ihrer Pfeife sehnen, und kosmetisierte, oberflächlich atmende Damen, die sich seit Jahrzehnten ins gleiche schwarze Beerdigungskostüm zwängen und sich die Hände vor den Mund halten, um ihre gähnende, jahrzehntelange Schlafbetrunkenheit für sich zu bewahren, ihre altersfleckigen, manikürten, mit Spezialpaste für Gärtner weissgewaschenen Hände; die hunderttausend Franken des Erbvorbezuges sind aufgebraucht, Eva wird sich eine Arbeit suchen müssen, der Pfarrer redet von unser aller Leben, das eine lange Reise in Gottes liebende Arme hinein sei; sie atmet ihre ganze verbrauchte Luft aus und setzt an diesem Freitag, dem 10. April 1992, für sich einen Anfang; als sei ihr das einfach so möglich: aufzuwachen und endlich anzufangen, sich in der Gegenwart zu bewegen, ihr, die sich eingekerkert fühlt im Herzen des Engels der Geschichte, der in die Trümmer der Vergangenheit starrt und der seinen Rücken zuwendet einer Zukunft, in die hinein er getrieben wird und woher ihm zugleich ein starker Wind entgegenbläst; ein geschundener Engel, der verdammt ist: ewig dasselbe zu sehen, und verflucht: ewig zu schreien.

Ihre Grossmutter Paula hatte Eva nach Zürich geschrieben, sie hatten sich seit Paulas fünfundsiebzigstem Geburtstag nie mehr gesehen; es war vielleicht einen Monat vor ihrem Tod gewesen, sie wünsche sich an ihrer Beerdigung die Fantasie und die Fuge von Johann Sebastian Bach in g-Moll;

Bach habe diese Fantasie und die Fuge 1720 auf seiner Reise nach Hamburg komponiert und gespielt, wahrscheinlich zum jähen Tod seiner ersten Frau Maria-Barbara. Er soll seine Frau abgrundtief gehasst haben, hatte Paula geschrieben, und nun hör dir die organische Entwicklung dieser Totenklage an, wie er in hektischer Verzweiflung alle Register zieht, bis hin zur sanften, beinahe heiter perlenden Auflösung des Schmerzes!

Rolf

Montag.

Nachtrag der letzten hundertacht Montage: Nachdem Rolf mit einem Spezialmessgerät für dehnbare Weichteile zwischen sich und mir ein passendes Verhältnis festgestellt hatte, verbrachten wir eine perfekte Nacht.

Um Finger, Mund und Augendeckel wieder in die richtige Ordnung zu bringen, absolvierte ich nach der Matura einen Sekretärinnenkurs und arbeite jetzt als rechte Hand von Herrn Bettermann und seiner Versicherung. In letzter Zeit lagerte Herrn B.s rechte Hand auffällig oft auf meinen Oberschenkeln.

Selbstverständlich liebe ich meine Eltern; vor allem jetzt, wo sie tot sind.

Ich lebe in einer Wohnung mit zwei Zimmern, einem Ehebett, meinem Spannteppich, Rolf und den Lärmschutzfenstern.

Gleich an meine Räume grenzen die Räume der Versicherungsgesellschaft. Seit meine Eltern beide vor Schreck im Verkehr tot umgefallen sind, lebe ich im obersten Stock des Versicherungsgebäudes; seit knapp zwei Jahren also. Eingebettet in Einkaufszentren, Zivilisationsbauten, Zivilschutzanlagen und Zahnarztbohrer lebe ich seit der perfekten Zeugung meiner Abtreibung vor rund zwei Jahren.

An jenem Abtreibungsnachmittag, von dem der Vormittag der Maturitätszeugnisüberreichungsvormittag war, ist mir die Lust verschwunden. Seit ich bei Herrn Bettermann arbeite, finde ich die Lust manchmal wieder, vor allem, wenn ich seine zuverlässigen Versicherungsfinger sehe.

Zwischen mir und der Welt steht das Schallschutzfenster. Zwischen mir und Herrn Bettermanns Fingern, er heisst übrigens Richard, liegt eine weisse Sekretärinnenhose und eine 2,5 mm dicke Wurst. Die Hose ist aus dem Katalog, die Wurst ist aus Gold und passt zum Namen Ehering.

Meine Mutter war als Person die Hausfraulichkeit. Mir unvergessen bleibt ihr Nachmittagsschlaf mit dem offenen Mund und den Brüsten, die sich ihr über den Bauch hängten.

Freitag.

Gegen halb fünf Uhr nachmittags schleicht mir eine leise Lust in den Mund, und die Schreibmaschinenfinger rutschen durch die Tasten hindurch. Herr B. war im Sommer in Amerika, vor allem wegen dem Kind, das an ihm und seiner Ehefrau das Gemeinsame ist; damit das Kind die Geografie schon kann, wenn es eingeschult wird. Herr B. nennt mich seither lovely Rita oder little girl blue, ganz wie ihm zumute ist.

Ich denke, ihn für meine Zwecke einspannen zu können.

Richard und ich sind noch immer per Sie; die Sekretärinnenhose muss fallen zwischen uns.

Wenn ich die Tür von meinem Büro zu meinem Heim aufstosse, ist Rolf schon da, wie immer. In letzter Zeit mache ich mir Sorgen um ihn, es scheint ihm schlechter zu gehen, er wird immer grauer. Mit sich reden lässt er nicht. Ich koche uns etwas; wir führen so was wie ein Eheleben, hinter uns der Cervelat, vor uns der Ausblick auf den vernebelten Jura. Ich stelle mich mit Rolf auf die Waage. Er ist schwerer geworden, grauer und schwerer. Er fängt an, mich nachts zu drücken.

Ich denke an Herrn B., Fragen nach meinem Zivilstand beantworte ich mit verheiratet.

Rolf ist Fotomodell; Dressman. So nennt man männliche Objekte, die fotografiert werden; obwohl Rolf nur undressed, also nackt fotografiert wird, für anatomische Lehrbücher zumeist. Ausserdem ist er mein liebstes Objekt. Ja, ich kann sagen, dass meine Liebe zu ihm durch den Fotoapparat geht. Vollgeklebt ist unsere Wohnung mit Bildern von ihm, es ist nur noch Platz für wenige neue – ich darf also hoffen, was ich gleichzeitig fürchte.

Sonntagabend.

Rolf und ich waren im Jura wandern. Für Versteinerungen kann ich mich begeistern; ihre Mimik ist mir vom Vater her vertraut. Vater war solch ein Sportsmann, mit der Stahlplatte in der Brust. Bis wenige Minuten vor seinem Tod konnte ihn nichts je erschüttern. Für Versteinerungen interessiere ich mich mehr als für Menschen, seit ungefähr zwei Jahren. Versteinerungen scheinen mir etwas ziemlich Sicheres zu sein.

Es klingelt. Richard ist da, verabredungsgemäss. Seine Frau ist mit dem Kind in eine Bildungswoche gefahren, und er sagt hey lonely Rita, sagt er, statt lovely Rita. Dabei habe ich die Schönheitsmaske erst gestern mir ins Gesicht gepappt. Leicht beleidigt sage ich, Rolf schläft schon. Herr Bettermann weiss, dass ich verheiratet bin. Wir legen uns ins Ehebett. Rolf liegt stumm daneben, die Decke über Kopf und Füsse gezogen, klein war er schon immer, und rührt sich nicht. Seinen Schlaf kann keiner stören. Langsam werde ich nervös, ich habe nie mit einem anderen Mann geschlafen und mit jenem Rolf nur einmal.

Aber es gehört zum Plan.

Herr Bettermann bietet mir das Du an, nachdem er mich ausgezogen, betrachtet und berochen hat. Du kannst mich während des Liebesaktes Du nennen, sagt er, wenn es dir hilft, dich zu enthemmen. Ich öffne Knopf und Reissverschluss seiner Hose und sage, Rolf ist taub, was stimmt. Ausserdem hat die Wohnung Spannteppich und Lärmschutzfenster.

Ich bin nackt, und Richards Glied ist mit einem Gummi überzogen, er ist ein Ehrenmann. Es kann losgehen. Da protestiert Richard gegen die Fotos. Bist du pervers, stöhnt er, machst du's etwa mit diesen . . .! Diese geschliffenen Rolfskörper strahlen von Wänden und Decke, und erst jetzt begreife ich, wie Rolf sich verändert hat und sich ständig weiterverändert. Mir wird schlecht.

Richard schiebt sein Glied in meine Scheide. Du musst atmen, flüstert er, einatmen auf zwei, ausatmen auf vier. Das hilft gegen die Hyperventilation; damit dir vor Glück nicht schwindlig wird. Und wir erarbeiten uns den Takt, wir schwitzen mit Präzision, ich denke an Rolf und sage mir: don't suffer, work, honey. Ich arbeite hart, halte Richards Augen fest in meinen Augen und lasse meine Muskeln arbeiten. Richard keucht und stöhnt, ich schreie Richard, schreie ich, Rolf, du, als es heftig in meine linke Pobacke sticht und etwas nass und kalt in meine Scheide läuft. Nicht der Samen von Richard überschwemmt mich; es muss der Spiritus von Rolf sein. Rolfs Glas ist zerbrochen, ist das eine Sauerei!

Rolf. Ich kenne Rolf seit zwei Jahren, seit seiner Zeugung also.

Die Zeugung fand statt in Basel, ca. um drei Uhr fünfzig in der Früh, zwischen Tisch und Stuhl im Portierszimmer des Heilsarmeehotels. Das Heilsarmeehotel war damals das billigste in Basel und an günstiger Verkehrslage. Während wir, der Portier Rolf und ich, parallel zum Liebesakt Verbesserungsvorschläge für die Heilsarmeelieder ausarbeiteten, wusste ich, dass die Zeugung perfekt war.

Die mathematische Prüfung folgte der Zeugungsnacht. Ich bestand in Basel die Eidgenössische Matura mit der für meine Eltern unverständlichen Zwei in Mathematik.

Nachdem der Arzt es mir sorgfältig aus der Gebärmutter herausgeschabt hatte, legte er es in das mit Spiritus gefüllte Glas. Es sei zwar nicht üblich, dieses Ding mit nach Hause zu nehmen, meinte er, aber er könne mir mein Eigentum nicht verwehren.

Seither nenne ich es Rolf, nach seinem Vater, obwohl es auch weiblich sein könnte. Den Portier des Heilsarmeehotels, Rolf Ausdemschneider, habe ich von seiner abgetriebenen Vaterschaft nicht mehr verständigen können. Er war zu einer längeren Spendensammlungsreise aufgebrochen; das Geld sei für werdende Mütter in Not bestimmt, sagte man mir.

Und jetzt liegen wir hier inmitten der Sauerei. Meine Berechnungen sind aufgegangen. Für mich bedeutet die Sauerei eine Vergangenheitsbewältigung.

Es stinkt, und in meiner linken Pobacke sitzt ein Glassplitter. Herrn Bettermann ist die Lust stekkengeblieben, er hatte sich sein Engagement als Beischläfer einfacher vorgestellt. Ich nehme Rolf in meine Hand und drücke ihn an meine Wange. Nie war er mir so nah wie jetzt, wo ich ihn verliere, wo ich ihn schon längst verloren habe, versteinert wie er ist.

Konnten Sie Ihren Ehemann nicht in bruchsicheres Glas legen, verdammt, fragt Herr Bettermann. Rolf fühlt sich wirklich an wie Stein, schwer, kühl und glatt. Ich hätte die Veränderung zumindest auf den vergrösserten Fotos sehen müssen, denke ich, und ziehe mir das Glas aus dem Po.

Vor zwei Jahren, am Tag der Maturafeier, stellte ich das Glas meiner Mutter auf den Tisch. Mutter war grad am Putzen, wie immer. Ich konnte meine Mutter von einer Putzfrau niemals unterscheiden; sie putzte uns den Po, sie putzte hinter uns her, sie putzte unsere Rede von dreckigen Wörtern, und den ganzen Müll kippte sie in sich hinein, davon war sie immerhin satt und fett geworden. Mutters Herz war eine Müllgrube, die sie wegen dem Gestank für uns verschloss. Hier ist Rolf, sagte ich also, du wolltest ihn kennenlernen. Und ich lachte der Mutter in ihre Kinderaugen. Sie rennt zum Telefon, hängt sich an den Hörer, ihr interkonfessioneller Eheberater ist am Apparat, ja, sie kann gleich als Notfall kommen.

So stürmt sie durch die Stadt, bis sie bei Rotlicht über die Strasse und in Vaters Auto rennt.

Dem Vater schlägt sein schwaches Herz nicht weiter, und Mutter ist total zerquetscht. Vater überlebt es nicht, dass er Mutter im Angesicht des Todes mit dem Angesicht seiner Geliebten auf dem Beifahrerinnensitz konfrontiert hat. Das Taktgefühl war ihm eigen.

Ich hatte dem Vater seine Geliebte gegönnt, wenn ich Mutter betrachtet hatte, die müllgesättigt überall im Haus herumlag; die ständig aussah, als hätte sie einer wo liegengelassen.

Die Frage war natürlich, was ich für eine werden würde.

Die Geliebte erbte Vaters Auto, ich die Absteige – meine Wohnung mit Blick in den Juranebel.

Ich lüfte, Herr B. steigt über seine Verlegenheit und entsorgt die Scherben; der Spiritus verdunstet schnell.

Mittwoch.

Ich war auf dem Friedhof. Für Rolf habe ich ein Loch in die Erde über den Särgen von Vater und Mutter gebohrt. Ich habe Rolf, den versteinerten Embryo, hineinfallen lassen und mir dabei gedacht, dass keiner mich je verurteilen würde. Keiner würde mich je für meine Morde verurteilen können, meine ich. Und einen Moment lang genoss ich den Stolz auf mich selbst. Wie raffiniert hatte ich Mutter und Vater unter die Erde, auf diesen Friedhof gebracht!

Ich hätte ihren Anblick nicht länger ertragen.

Ich hatte mir dieses Kind machen lassen, nachdem Mutter mir gesagt hatte: Eins musst du mir versprechen, Kind: dass du niemals ein Kind abtreibst; das wäre mein Tod.

Mit Mutter hatte ich also ein leichtes Spiel; ich konnte nicht ahnen, wie kooperativ Vater sich zeigen würde.

Als Dank für ihre Mithilfe habe ich Herrn Bettermann und seiner Familie eine Schachtel Pralinen geschenkt. Wer weiss, wie lange ich sonst dieses verräterische Indiz, dieses Relikt aus der eigenen Steinzeit noch aufbewahrt hätte; aus lauter Sentimentalität.

Dieser Rolf war ein Gefühlskonzentrat, ein jämmerliches.

Herr Bettermann hat es mir grad heute wieder bestätigt, ich sei eine tüchtige Sekretärin, wirklich eine ausgezeichnete.

Totschlagen

1 Daniela Schmeiss

Die Daniela Schmeiss besteht aus einem langen Gesicht, und darin sind sich ihre Nachbarn einig. Wenn sie sich im Geschäft zu den unteren Regalen hinabbückt, weil die Kundschaft die zierlichen, die Bitte-nicht-berühren!-Wenden-Sie-sich-vertrauensvoll-an-unser-Personal-Glaselefanten vorgeführt haben möchte, laufen der Schmeiss ihre himmelgrauen Augen fast auf dem braunen Geschäftsteppich aus. Dann stülpt sie die Deckel über ihre Augen und fühlt sich für einen Augenblick sicher, als funktionierte das noch, wie in längst aufgebahrten Kindertagen: Wenn ich blind bin, dann siehst du mich nicht. Das Du sind an den Arbeitstagen die Kunden, und manchmal überhaupt alle Menschen. Das Gesicht ist nicht nur das Längste an Danielas Körper, es ist auch das Schwerste und zieht die ganze Frauensperson zum Erdmittelpunkt. Diesem langen, jetzt im Sommer geröteten, schweissglänzenden Gesicht stellt sich ein kleines rundes Gehirn entgegen, und das Ganze, das man im allgemeinen *Chopf* nennt, jedenfalls im schweizerdeutschen Sprachraum, wo die Geschichte spielt, ruht sich aus auf dem wie für ein Museum konservierten, eingedörrten Körpergestänge der Schmeiss, Daniela, 38, alleinerziehende Mutter eines fünfeinhalbjährigen Sohnes und so ledig, wie es in ihrem alten Passe stand. Der neue Pass verzichtet auf die Festlegung eines Zivilstands.

Heute ist der 31. Juli, Danielas letzter Arbeitstag im SKANDINAVISCH LEBEN; der Morgen ist noch leer an Arbeit, aber schon voller Hitze. Halt, Eine sieht sich im Laden um, Eine verrenkt sich betont unauffällig den Kopf nach den Preisschildern: »Entschuldigen Sie, Fräulein«, sagt Eine, »dieser Tiger dort oben, könnten Sie vielleicht so freundlich sein und . . .?« Die Kundschaft ist eine Dame von Schmeiss Danielas Kleinheit und kurzatmig obendrein, sie schnauft hörbar, ihr Mund steht offen von der Anstrengung, Worte zu machen; der Tiger auf dem obersten Tablar des Regals ist ohne Fräulein Daniela unerreichbar. Und so besteigt Daniela den Schemel, holt den Tiger herunter und spricht, wie sie als Verkäuferin es gelernt hat: »Ein schönes Stück haben Sie sich da ausgesucht, der Tiger ist aus Porzellan und in Finnland handbemalt; da auf dem Kleber steht's, sehen Sie, hier.« Daniela reicht ihn der Dame, sie soll den Tiger an sich nehmen, bitte! Heute ist alles gratis, bedienen Sie sich!, möchte sie ihr zurufen, aber sie hält den Mund. Die Dame mit Geschmack bedankt sich, sie verzichtet vorläufig auf den geruchlosen gezähmten Porzellantiger, sie kommt dann ein anderes Mal. Dann bin ich nicht mehr hier, könnte Daniela einwerfen, so ganz einfach, dies ist mein letzter Arbeitstag, vielleicht ergäbe sich ein Gespräch; ein neugieriges über den Entlassungsgrund oder ein mitfühlendes über die Rezession, aber die schmeisssche Höflichkeit schweigt, oder ist es die Ängstlichkeit, und die Kundin verabschiedet sich: »Adieu wohl, Fräulein.«

Daniela sagt: »A Dieu, Madame«, auch sie war vor zwanzig Jahren als Au-pair-Mädchen im Welschland, und sie denkt, wir treffen uns wieder auf dem Friedhof, Urne an Urne, oder wo dieser *dieu* sonst hocken mag.

Daniela hat sich überlegt, sie möchte später kremiert werden.

Die Ladenglocke scheppert, ein Schwall Verkehr läuft ihr ins Ohr, der Verkehrsschwall der Autobahn N 1 von Genf nach St. Gallen und wieder zurück.

Sie steigt von ihrem Podest herunter, das sie manchmal leise, zärtlich fast *o du mein Marterhorn* nennt und dabei an das Matterhorn denkt, von dem sie so dann und wann tagträumt, es zu besteigen, seit sie elf Jahre alt ist, seit siebenundzwanzig Jahren also, mit ihrem Vater, wie damals der vierzehnjährige Bub in dem Werbefilm für die Zermatter Bergwelt. Den Film haben sie Jahr für Jahr in den Winterferien im Wallis gesehen, und ihr Vater, der Freiämter Sportgeschäftsbesitzer, hat ihr Jahr für Jahr das Matterhorn versprochen, im Sommer dann, nächsten Sommer, dann gehen wir zusammen,

wenn du grösser bist, wenn du dann gross bist, wenn du älter bist, wenn du dich aus der trägen Pubertätshülle geschält hast, dann, ja dann . . .

Die Nichteinhaltung des Versprechens hat Danielas Vater später immerhin freiwillig mit dreitausend Franken bezahlt.

2 Manche

... wenn du nicht mehr so aussiehst, als hättest du einen Stock verschluckt, einen krummen, hatte der Vater Schmeiss gesagt, als seine Tochter Daniela noch ein richtiges Fräulein war, und er hatte ein böses Gesicht gezogen dabei, als ob Daniela kein Recht auf diese Krummstockvisage hätte, weil sie ja noch jung war; auch jetzt ist sie noch halbwegs jung, zumindest wenn man ihre Lebenserwartung berücksichtigt: von ihr als weiblichem Schweizer gegen Ende unseres vermessenen Jahrhunderts erwartet die Statistik weitere 40,23 Jahre. Manche hatten Vaters Klage beifällig zugenickt, Frau Professor Nachbarin für Römische Geschichte zum Beispiel, sie hatte schon vor über zwanzig Jahren für Daniela Schuhe mit hohen Absätzen vorgeschlagen, das richte auf und verfeinere zwangsläufig die Gangart. Aber auch die Signora, Frau Professors nie so genannte Putzfrau, teilte die Ansicht von Vater Schmeiss. »Auch in meinem Beruf braucht man ein Rückgrat«, behauptete die Signora. »Stellen Sie sich nur vor, wie ich den Herrn Professor eines Morgens auf seinem Schreibtisch liegend fand, so ruhig und so vornübergekippt.« Die Signora hatte das Whiskyglas mit den Tablettenresten in der Küche saubergespült, den Schreibtisch in Ordnung gebracht, dem toten Herrn Professor ihre Arbeitsschürze über den Kopf gestülpt und die Polizei benachrichtigt; und das ausgerechnet in den frühen Morgenstunden eines ersten August, als die Frau Professorin am Abend die Bundesfeiertagsrede im Freiämter Dorf halten sollte.

Obwohl es verständlich ist, dass Manche Danielas Körper ungern in ihrer Riechweite haben, vielleicht weil er eine überhitzte Müdigkeit ausströmt und so zukunftslos vor sich hin Kohlenhydrate verbrennt, ist es eine Tatsache, dass ebensolche Manche Daniela früher mit ebensolchen Stöcken zurechtgebogen haben, die sie heute in ihrem Körper als störend empfinden; und diese Manche waren früher und sind heute noch Vater und Mutter und Lehrer und Lehrerin und rasenmähende Nachbarn im Einfamilienhaus- oder Genossenschaftswohnungsquartier, zusammen mit dem Gott, den sie seit Jahrzehnten anbeten, ein Gott der gesetzlich verankerten Mittags- und Sonntagsruhe; während im hintersten Hirnwinkel Mancher sich unbemerkt Graf Öderland mit der Axt in der Hand verkrochen hat und auf seinen Einsatz wartet.

Daniela schaut der Dame hinterher: ein heller Fleck, der sich langsam im Sommerlicht auflöst.

Aber damit ist jetzt Schluss. Daniela wird wieder stur geradeaus blicken, oder allenfalls noch den Boden entlang, den Staubteilchen in ihrer Wohnung nachhaschen, statt den Kundinnen und Kunden hinterher, die ja alle potentielle Ladendiebe und Ladendiebinnen sind, wie ihr Chef es ihr immer wieder gesagt hat. Aber Daniela ist ja so naiv; bei Daniela wird am meisten geklaut. Kaum steht sie allein im Laden, strömen die Diebe herein, das ist eine Tatsache. Und Daniela sieht ihnen einfach zu; sie kann den Blick von dieser Unverfrorenheit nicht wegnehmen, von diesen Händen, die entscheiden können und zupacken. Wenn sie diesen

Händen zuschaut, öffnet sich für sie ein Fenster zur freien Welt.

Für heute hat sie alle eingeladen. An meinem letzten Arbeitstag möchte ich ganz allein im Laden stehen, hatte sie dem Chef gesagt, als er sie nach ihren letzten Wünschen gefragt hatte, als wäre der letzte Arbeitstag ein Fallbeil und er gönnte ihr eine Henkersmahlzeit.

Daniela hört auf zu arbeiten, nach fünf Jahren skandinavischen Holzmöbeln und Originalglaskunststückchen, die sich eins ums andere aus ihrer Arbeits- in ihre Heimwelt geschlichen haben, fast unbemerkt an Daniela vorbei. Ihre Wohnungen sind mit den Jahren angewachsen, von einem Zimmer auf drei, wie das in Mitteleuropa so üblich ist, in der ersten Lebenshälfte wachsen die Wohnungen, die Bankkonten und die Zahl der zu Tode gefahrenen Autos, in der zweiten die Versicherungen und die Ablagerungen in den Blutbahnen. Die Zimmer mussten eingerichtet werden, sie mussten eine Bestimmung kriegen, vor allem das dritte, das Kinderzimmer, Simons Zimmer, aus dem beinahe unmerklich ein Gästezimmer geworden war. Je mehr das Zimmer verwaiste, um so voller stellte es Daniela, sie hatte doch Prozente auf alle Artikel, und das Lager vom Laden müsste öfter geräumt werden, wie der Chef seinen Angestellten immer wieder nahelegte.

3 Skandinavisch leben

»Nur als Gemeinschaft können wir dem Konkurrenzdruck trotzen, jeder einzelne kann mit seiner Person zum positiven Geschäftsimage und damit zum Reingewinn beitragen«, so hatte der Chef beim letzten Weihnachtsessen als überzeugter Menschenfreund gesprochen. Von ihm selber unbemerkt, war er jetzt zur Karikatur eines Menschenfreunds geworden. »Frau Schmeiss«, hatte er vor drei Monaten gesagt, unter vier Augen natürlich, »ich glaube, Sie fühlen sich nicht wohl bei uns. Ich habe mich erkundigt. Das Verkaufen macht Ihnen nicht im Innersten Freude ...« Er hatte sie angesehen, Daniela erinnerte sich an diesen Blick, konnte ihn aber nicht sofort einordnen. »Sehen Sie«, fuhr er fort, »das Verkaufen ist eine Herzenssache«, und sein Blick stach in Danielas Herzgegend, stach unbeirrt in ihre Brüste, die sich eingesunken unter dem dünnen T-Shirt abzeichneten. Da begriff Daniela den Blick: es war ein Lagerblick; er sah sie an, wie er ein veraltetes Möbel im Lager ansah, das geräumt werden musste. »Unser Team verkauft mit einer Leidenschaft –«, sagte er und begann plötzlich zu flüstern, »ein guter Verkäufer«, wisperte er, »der spürt,was ein Kunde haben will«, und er starrte, als könne er erloschene Vulkane zum Glühen bringen, auf Danielas Brustwarzen. Der kriegt direkt ein Leuchten in den Augen, dachte Daniela noch, er denkt wohl an eine Kundin, und dann hörte sie, wie von weit her, »Sie fahren besser, wenn Sie selbst kündigen«.

Wenn also Daniela eine schlechte Verkäuferin ist, und das ist sie, so ist sie wenigstens eine gute Käuferin in ihrem Geschäft. Die neunzehn Franken fünfzig, die sie in der Stunde verdient (hat), was für eine Verkäuferin 1992 schon fast zuviel ist, hat sie getreulich investiert in Holzmöbel (Bett, Esstisch und die beliebte Eckbank mit Platz für vier Personen), in Salatschüsseln, in Geschirr überhaupt, was brauchten diese Skandinavier nicht alles zum Essen!, in Kerzen über Kerzen samt Ständern, vielleicht für eine ewige Nacht jenseits vom Polarkreis, in Einkaufskörbe fürs Velo, in einen Einkaufswagen für die ältere Dame mit Bandscheibenvorfall, der äusserst schmerzhaft sein soll, in gepolsterte Körbe für den Transport von rohen Eiern; weiter verwandelte sie den dreizehnten Monatslohn in exklusiven Christbaumschmuck, ein ideales Weihnachtsgeschenk für die Eltern Schmeiss, teuer und doch platzsparend, in Berge aus Naturkosmetik made in Austria, wo die Natur offenbar herkam, und immer wieder in die Lieblinge jedes Zoobesuchers, in mundgeblasene Tiger, Löwen, Elefanten, Nashörner, kurz, in die ganze echte vom Aussterben bedrohte Wildnis, die vor Simons Kinderbett babylonisch wachsend sich auftürmt.

Und heute, an ihrem letzten Arbeitstag, gähnt der Laden seine Menschenleere Daniela mitten ins Gesicht. Neununddreissig Postkarten hatte sie verschickt. Sie hatte ihr Adressbuch von Aebischer bis Ziswiler abgeschrieben; es seien alle herzlich eingeladen an ihrem letzten Arbeitstag, den 31. Juli 1992, das Geschäft sei vollgestellt, und das Lager müsse geräumt werden.

4 Aebischer

Von Aebischer war gestern eine Karte aus China im Briefkasten gelegen; sie hatte dem Aebischer gerne vorgesungen, *love of my life,* hatte sie gesungen, nachts, nach ihrer hastigen Liebeshalbstunde, im Dunkel, wenn er auf ihrem engen Sofa seinen eigenen Schlaf schlief und sie sich den Schlaf nicht zu eigen machen konnte, weil Simon, ihr Sohn, wie fast immer, quer in ihrem breiten Bett schlief und dabei aussah, als sei er, so blond, wie er war, als ein Engel vom Himmel heruntergefallen. Sein Atem klebte penetrant im ganzen Raum und roch so bittersüss, wie ein Kinderatem für die Mutter eben riecht, wenn sie spürt, dass sie ihr Kind nie so sehr liebt, wie wenn es schläft. Dann hockte Daniela nackt auf dem fleckigen Spannteppich zwischen den beiden Schläfern, sah an ihrem Körper vorbei und sang ihr Klagelied von den »Queen«, *love of my life – you've hurt me, you've broken my heart and now you leave me, ...* Aebischer war ja eigentlich der Krüppel, dachte sie dann, nicht sie, die sich selber manchmal so vorkam, Aebischer: ein grosser, stattlicher, prallhäutiger Krüppel im Seidenhemd, dem nur Bein und Arm auf der Herzseite nicht mehr gehorchten, seit ihm vor fünfzehn Jahren, in der Hälfte seines bisherigen Lebens, eine Kopfarterie beim Temperatursturz vom stickigheissen Kino in die Januarkälte geplatzt war. »Ich komme gerne zu dir«, sagte er und nannte sie in seiner Innerschwyzer Mundart *»dui Sui, dui gruisigi«,* übersetzt du Sau, du unübersetzbar *gruisigi,* das war ein Kompliment, das würzte er mit seinem fetten Lachen nach und schmatzte so wohlig beim Sprechen, als würde er sich von Daniela ernähren, »aber für den Bub ist es wohl besser, wenn er mich nicht zu oft sieht«, präzisierte er, der Aebischer, den Daniela immer bei seinem Geschlechtsnamen nannte. Ein ganzes Jahr lang war dieser Aebischer einmal pro Woche gekommen, meistens montags, »ein günstiger Tag für Liebestermine, da kommt kaum etwas dazwischen, da hat man praktisch eine Garantie«; wenn Simon endlich schlief, war er mit einem Hallo-da-bin-ich in Danielas Bett gekrochen, und sie hatte ihren zähen staksigen Körper erlöst in die träge Weichheit dieses Männerkörpers fallen lassen.

Danielas Anziehungskraft auf Männer ist von einer seltsamen Stärke. Es scheint ihr manchmal selbst, als ob sie nur aus einem warmen schwarzen Loch bestünde, als ob von ihren Augen zwei Tunnels direkt zu ihrem Schoss führten. Wenn sie einen Mann nur ansieht, spürt sie seinen Körper schon auf ihrer Haut, und Manchen möchte sie jetzt sofort auf der Stelle an ihren ausgemergelten Körper pressen und sich mit seinem alten Schweiss abduschen.

Es war einfach, Aebischer zu lieben, er zeigte sich so selbstverständlich nackt, er machte im Wohnzimmer Licht und zog sich mit der rechten Hand ein Kleidungsstück nach dem andern über den Kopf und über die Füsse; das war wie ein Tanz, und das Ausziehballett seines wunderbar geschmeidigen Körpers mit der unveränderbar verkrümmten Hand, mit dem rettungslos verkrampften Fuss war ein grosses Ausruhen für Danielas Augen, die an sich selbst so gnadenlos hinuntersahen. Während Daniela ihren Körper unter der Bettdecke verborgen hielt, löschte Aebischer das Licht. »Dich braucht man nicht anschauen«, sagte er oft, »eine Augenweide bist du ja nicht, aber diese Hitze in deinem Körper«. . ., »ja«, sagte Daniela dann leise und schämte sich, dass sie keine Augenweide war, aber diese Scham verstärkte ihr verzweifeltes Begehren noch, und sie forderte entschieden: »Komm jetzt!«

5 Ach ja, das Kind

Aebischer war eines Nachts, nachdem Danielas Kopf mit seiner ganzen Schwere auf sein Geschlecht gestürzt war und den Samen daraus getrunken hatte, als könne der ihre Knochen begradigen, um zwei Uhr in der Früh mit dem Taxi die über hundert Kilometer nach Hause gefahren. Wegen Simon. »Das ist mein Bett«, hatte Simon geheult, als er schlaftrunken aus dem Kinderzimmer gewankt, sich in Danielas Bett gelegt und dabei auf Aebischers Masse gefallen war; er war zusammengezuckt, als würde man ihm eins über den Kopf hauen; »das ist MEINE Mama!« hatte Simon diesen Mutterräuber angebrüllt und dann einen jener gellenden Schreie ausgestossen, direkt aus der Tiefe seines Körpers, so voll Schmerz, dass er sich selbst zum Schutz die Ohren zuhielt. »Das wars dann also«, hatte Aebischer gesagt und sich ein Taxi bestellt.

Seit dem Wegfahren des Taxis hatte Daniela nichts mehr von Aebischer gehört. Einmal hatte sie noch telefoniert, kaum eine Woche später: Diese Rufnummer ist nicht mehr in Betrieb. Und gestern die Karte aus Hongkong mit der *Goddess of mercy,* ganz aus Gold: Ich danke Dir für Deine Gefühligkeit – verzeih mir die stumme Abreise – ich wünsche auch Dir den Mut, das zu tun, was für Dich notwendig ist, mögen Mengen von Buddhas um Dich flattern, viel Glück, Dein Aebischer. »Von wem ist die Karte?« hatte Simon gefragt, »kann ich die Briefmarke haben?« Daniela hatte ihre Augen sorgfältig auf das Kind gerichtet und geantwortet, ihre Stimme fühlte sich ein bisschen brüchig an, aber das merkt ein Kind nicht: »Von diesem Aebischer, er ist jetzt weit weg, du erinnerst dich bestimmt. Er ist so ein bisschen behindert ...« – »Nein«, hatte Simon gesagt, und seine Pupillen schrumpften zum Punkt, »an den erinnere ich mich überhaupt nie mehr. Und was heisst das, behindert?« Daniela hatte die Postkarte über kochendes Wasser gehalten und die Marke an die Wand über Simons Bett geklebt, die Karte hatte sie in den Müll geschmissen, *Göttin des Mitleids,* wer sollte die bloss brauchen?

Und während sie im Laden steht, heute, am 31. Juli, muss sie daran denken, dass Aebischer umsonst vor Simon geflohen war, vor seinem Besitzanspruch, denn jetzt, ein paar Monate nach der Rückeroberung, hat Simon Daniela alleine zurückgelassen in der Dreizimmergenossenschaftswohnung, er hat ihre Mutterliebe abgestreift wie einen alten löchrigen Handschuh und wohnt seit

Anfang Juli offiziell bei seinen Grosseltern im Freiamt.

An manchen Tagen kommt er zu Besuch, so wie gestern zum Beispiel.

6 Hand aufs Herz

Vor ein paar Monaten, gegen Abend, im Haus der Grosseltern:

Das Kind hat, wie so viele Kinder, die Hände hinter dem Rücken, wo es etwas versteckt hält, und fragt: »Mama, welche Hand willst du?« Daniela, die etwas Wichtiges denkt, wie zum Beispiel, ach irgendwas, antwortet:

»Die linke.«

»Was?« –

»Die linke!«

»Welche ist das?« –

»Ja, weisst du das denn immer noch nicht, was ich dir schon hundertmal erklärt habe und wo du schon fünfeinhalb Jahre alt bist! Jetzt leg mal die Hand auf deine Brust, so« (sie macht es ihm vor) – »dann merkst du doch, wo dein Herz schlägt, und da ist links. (Das Kind rührt sich nicht.) So mach schon!«

»Und wenn ich's nicht finde, das Herz?« –

»Gott, das kann doch nicht so eine Sache sein, du musst halt spüren mit dem Tastsinn, das haben wir doch im Körperbuch gelesen, weisst du noch?«

»Aber du musst dich umdrehen, damit ich das

Geschenk für dich ablegen kann!« (Daniela dreht sich um) –

»Ich merk wirklich nichts! Und wenn ich's nicht merke, dann hab ich kein Herz, und dann bin ich ja tot, weil das Herz ist das Wichtigste zum Leben.« (Er klingt, als hätte er eine Lektion gelernt)

»Und das Gehirn«, schreit Daniela, reisst Simon die Hand hinterm Rücken hervor und legt sie dem Kind hart auf die Brust, »da!«

Man hört ein leises Knacken, Simon öffnet die zur Faust geballte Hand, es regnet Schneckenhausteile, winzige Splitter auf den achteckig rotgeplättelten Küchenboden.

»Jetzt ist das Haus kaputt, wegen dir!« heult Simon, nicht ohne Befriedigung.

»Das tut mir leid. Komm, wirf den Rest in den Kompost.« –

»Was?« –

»In den Kompost, hab ich gesagt, nicht in den Müll, denk an den Umweltschutz und trag den Eimer gleich runter.«

»Ja. Mama ... Mama! Wir müssen mal zum Arzt, weil ich nicht gut hör.« –

»Ach, Quatsch! Du willst nicht hören, das ist es. Du willst nicht hinhören, da, wo du Fehler gemacht hast, das ist es.«

Danielas Mutter hat die Szene kopfschüttelnd betrachtet und sagt jetzt zu ihrer Tochter gewandt, während Simon auf dem Weg zum Komposthaufen ist: »Du bist so brutal mit dem Kind.« – »Ach was!« schreit Daniela, »ich schlage ihn ja nicht; der braucht nicht so ungeschickt zu tun.«

7 Love of my life

Auch Ziswiler hatte geschrieben, das heisst, nicht er; eine Krankenschwester hatte in seinem Namen geschrieben: Es habe für ihn leider keinen Sinn mehr, dieser Kram aus dem Laden, er sei im Spital, einmal mehr, er hoffe, es sei noch nicht das letzte Mal, es werde in den USA wieder ein neues Medikament entwickelt, und er sei in der Versuchsgruppe, komm mich doch besuchen, wenn Du magst, und nimm Simon mit, nein, lieber nicht, ich bin unausstehlich. Ausserdem bin ich so abgemagert, dass ich sogar Dich an Dürre übertreffe. Ziswiler hatte nur den Vornamen daruntergesetzt; René, *wiedergeboren,* so hiess er, und so sah auch sein Name auf dem Papier aus, noch einmal vom Totenbett auferstanden, so unbeholfen wie die Kritzel eines Fünfjährigen, wie die Buchstaben von Simon, die sich an keine Gerade halten können auf dieser schwindelnd sich drehenden Weltkugel.

Hockt dieser Tod, der in René Einsitz genommen hat, auch schon in ihr?

Zwischen Aebischer und Ziswiler liegen fünfunddreissig Weitere.

In ihren achtunddreissig Lebensjahren hatte Daniela siebenunddreissig Liebhaber gehabt; und über die Liebhaber führte sie Buch: Sie hatte sich sorgfältig durch mehrere Alphabete geliebt, indem sie Karteien führte über die Namen, über die Körperbeschaffenheit, über die Art dieser Lieben, über ihre Dauer und über die Lieder, die sie auf jede Liebe gesungen hatte;

Aebischer, Krüppel, geschmeidig, wöchentlich, love of my life, lauteten beispielsweise die Eintragungen zu Aebischer.

Eigentlich war es immer dasselbe Lied, das sie ihren Liebhabern sang, *love of my life, don't leave me, you've taken my love, you now desert me ...* Sie hatten sich vielleicht betrunken aufeinandergestürzt, in einer fremden Stadt im Oktober, es war schon kühl, Wolken über der Goltzstrasse, Wolken, die wie riesige Tiere am Himmel vorbeizogen, eine Karawane von Ost nach West, zufällig am Tag der deutschen Wiedervereinigung, so blieb das Datum leichter im Kopf, 3. Oktober 1990 in Berlin, wo keiner sie kannte, Simon war bei den Grosseltern, wahrscheinlich sass er vor dem Fernseher. »Warum trinkst du?« hatte Daniela Jemanden gefragt, der um Mitternacht neben ihr an der Bar sass, einen Whisky nach dem andern in sich hineinstürzte und so aussah, als ob er ihre Nummer 33 werden wollte, während Daniela einen Martini nach dem andern trank; »ich trinke, weil du nicht bei mir schläfst heute nacht«, hatte dieser Jemand geantwortet, worauf Daniela ihn küsste, und Sie und Er, Michael, affenhaarig, besoffen, vierundzwanzig Sekunden, because the night belongs to lovers, gemeinsam untertauchten in kurzem, heftigem Vergessen der Tatsache, dass es im Leben noch anderes gibt als diese Lust auf einen möglichst fremden Körper.

8 Die Heilkraft des Autos

Um Viertel nach sechs ist Daniela heute morgen aufgestanden, wie immer an den Arbeitstagen, Dienstag bis Samstag. Sie hat Simon geweckt, der ausnahmsweise und bis auf weiteres zum letzten Mal bei ihr geschlafen hatte, ihm vorsichtig eine Strähne seines verschwitzten, weizenblonden Haars aus der Stirn gestrichen und auf sein Zähneputzen verzichtet; auf den Frühstückstisch stellte sie eine warme Ovomaltine: Dein Tag ist lang, sagte sie zu Simon, der schlaftrunken nicht zuhörte, also trink; um sieben packte sie den weichen Kinderkörper in ihren Citroën 2 CV und fuhr Hunderten von Autos hinterher ins Freiamt zu den Grosseltern; aus der andern Richtung, in die Kantonshauptstadt hinein, waren es noch viel mehr, im Winter eine Lichterprozession, eine Blinklichterprozession der Männermenschen und Frauenmenschen, alleinherrschend in ihrer schalldichten Blechhaube; für Ziswiler, strong man, reinraus, jeweils halbjährlich, who wants to live for ever (mit dem zentimeterdick geschminkten TodGesicht Freddy Mercurys vor Augen), für Ziswiler zum Beispiel war die Autozeit die schönste Tageszeit, zwischen Heimwelt und Arbeitswelt, in seinem Fall eine Schulwelt, eine Welt von Schüleraugenpaaren, die ihm auf den Ringfinger starrten, wo er vielleicht vor einem Jahr einen Ehering montiert hatte, nach einer Unterredung mit dem Rektor der kaufmännischen Berufsschule, er habe es im Lehrerzimmer aufgeschnappt, wie man über ihn rede, es sei doch auffallend, da sei er ein so attraktiver Mann und mit seinen fünfunddreissig noch immer ohne eine Freundin, man habe ihn jedenfalls noch nie mit einer gesehen; nicht dass es ihn, den Rektor, besonders – aber Manche störe es eben schon; »im Auto«, meinte Ziswiler, »da kannst du *gopferdammi* fluchen und dazu die Musik laut aufdrehn, die zuhause deine Nachbarn stört, oder richtig meditieren, das kannst du am besten im Auto«, aber in seinem Zustand war an Arbeitswelt und Autofahren nicht zu denken, nur hätte er ihn eben jetzt besonders nötig gehabt, diesen spärlichen Auto-Raum, diesen Selbst-Raum zwischen Krankenschwestern und Röntgenbildern, zwischen Medikamenten, ärztlichem Schulterzucken und ergebnisloser Stuhluntersuchung. Daniela hingegen hasste ihre *Ente;* es wurde Simon von diesem Wippen ständig schlecht. Die Fahrt ins Freiamt dauerte eine halbe Stunde, und Daniela wusste nie, was in Simon dabei vorging, was er fühlte, was er hinten im Auto sich dachte, so ruhig sass er angeschnallt im Kindersitz, er sei so ein braves Kind, rühmten manche Nachbarn, und in ihr wuchs wieder die Angst vor ihrem eigenen Kind, das seine Mutter mit hemmungslosen Augen beobachtete. Manchmal wünschte sie sich, ihr Kind trüge die Erinnerung an ihre Erziehungsliebe, an die geheimen Schläge und Wortgeschosse als Brandmale und Narben für jeden weithin sichtbar auf seiner Haut spazieren. Aber Simons Haut war butterzart, und die Ausschläge, die er manchmal hatte, seien wahrscheinlich eine Folge der kaputten Umwelt, hatte der Arzt tröstend diagnostiziert.

»Simon hat sich unterwegs aus dem Fenster gelehnt und seine Ovo erbrochen«, hatte Daniela ihre Mutter heute morgen begrüsst, »ich muss leider gleich weg«; »aber Kind, das kommt vom Autofahren«, grüsste die Mutter zurück, mit einem Tonfall, als sei das ihr, Danielas, Fehler, als sei es dem Kind bei ihr ständig psychisch schlecht. »Und«, hatte Simon geheult, »mein Teddy brummt nicht mehr, wenn man ihn vornüberkippt!«, worauf Danielas Mutter, eine grundgütige Seele mit solidem Körperbau und hautfarbenen Stützstrümpfen, das Kind mit ihren kräftigen Armen umschlang und es ins kühlende Haus trug.

Um acht stand Daniela im Geschäft.

9 Ein Mensch kann hier sein Leben lang gehen, ohne sich jemals zu finden, wenn er verloren auf die Welt kam

Vollkommen allein ist Daniela heute im Geschäft, wahrscheinlich sind alle in den Ferien, und die Hitze ist unerträglich. In der Stadt werden die Geschäfte überrannt, vor allen Kaufhäusern stehen Extraständer mit Feuerwerk und Fahnen, Kantonsfahnen und Schweizerfahnen, Lampions und Girlanden in allen Farben und Preislagen; die echten Schweizermenschen kommen zum Nationalfeiertag nach Hause, rechtzeitig aus den Ferien zurück, oder sie sind am 1. August noch daheim und fahren danach weg. Nur hier, denkt Daniela, im SKANDINAVISCH LEBEN, wo es IMMER GENÜGEND PARKPLÄTZE gibt, das steht, von der nahen Autobahn aus deutlich sichtbar, in grossen Lettern auf einem Blechschild neben dem Ladeneingang, hier und heute, wo es alles gratis gäbe, trudelt keiner ein.

Vor zwei Jahren waren Daniela und Simon in eine Genossenschaftswohnung am Kantonshauptstadtrand gezogen, in eine Siedlung von dreistökkigen Blöcken aus den fünfziger Jahren, eine Reihe Häuser mit schmutziggelbem Verputz wechselte sich ab mit einer Reihe grüner Wiese für die Wäscheständer und allenfalls für die Kinder, darauf folgte die nächste schmutziggelbe Reihe, die wiederum von einer wiesengrünen abgelöst wurde. Mit einiger Mühe hatte Daniela das geforderte Kapital von fünftausend Franken zusammengeliehen; dreitausend kamen aus Vaters Sportgeschäft, er sei jetzt zu alt fürs Matterhorn, gestand er, leider, sein Versprechen, mit der Tochter das Matterhorn zu besteigen, könne er nicht mehr einlösen. Aber sie werde dafür wohl einen Jüngeren finden, daran mangle es ihr offensichtlich nicht. Und die dreitausend Schweizer Franken könne sie haben, geschenkt; fürs Geld habe sie ja leider keinen gefunden. Er habe nichts gegen ihren *Starrgrind,* aber auch ein solcher müsse sich den Realitäten beugen, und wenn dir einer ein Kind macht, dann ist das eine Realität, die etwas kostet. Da kannst du den Hund nicht einfach laufenlassen. Daniela schrieb ihm einen Brief: Ich danke Dir, lieber Vater, recht herzlich für das Geld. Ich habe nun immerhin fünfundzwanzig Jahre davon geträumt, von dir nicht nur ein Geld-, sondern auch ein Zeitopfer zu bekommen, und dieser Traum wird mich noch ein Stück weiter durchs Leben tragen. Im übrigen habe ich den *Starrgrind* von Dir. Liebe Grüsse, Deine Tochter Daniela.

In Danielas Nachbarschaft am Stadtrand herrschten zwei Tempi: das öffentlich präsentierte Prestissimo der Geschäftigen; das privat verborgene Grave der Übriggebliebenen. Dazwischen fuhren die Kinder der Siedlung, der achtjährige Jakob zum Beispiel mit einem blitzenden, der um zwei Jahre jüngere Claudio mit einem vor sich hinrostenden Fahrrad, das er von Jakob geerbt hatte; die Kinder waren stolz auf ihre Kunststücke, johlten, lachten und schlugen sich in zufälligen Rhythmen die Knie und Münder blutig auf dem von der Hitze aufgeweichten Asphalt. Und im Einkaufszentrum gegenüber, erbaut in den siebziger Jahren, suchten die Kinder an langen Mittwochnachmittagen den Boden blank nach verlorenem Geld und weggeworfenen Berliner Pfannkuchen aus der Grossbäckerei.

10 Totschlagen

Ein Eau de toilette, das der Aebischer ihr geschenkt hatte, steht unbenutzt auf der Ablage in ihrem Badezimmer: en avril un soir.

In zehn Tagen beginnt das letzte Jahr Kindergarten vor der Schule, und Simon ist ganz zu den Grosseltern ins Freiamt gezogen; ich will nie mehr mit dir zusammen leben, hat er wörtlich zu Daniela gesagt.

Das ist MEINE Mama, hatte er den Aebischer damals angebrüllt, als wolle er sie für immer und ewig besitzen.

»Lass mir doch den Simon da zum Schlafen«; so hatte es angefangen. Danielas Mutter weiss, Gott schickt ihr keinen Dieb durchs Fenster, wenn sie so einen Schutzengelbub neben sich im Bett hat, wenn der Simon neben ihr im Ehebett schläft. Zuerst war Daniela froh gewesen, einen Abend für sich allein zu haben oder ein Wochenende frei zu sein; später fühlte sie sich unglücklich, aber ohnmächtig, sich gegen die Machtübernahme ihrer Mutter zu wehren. Seit Anfang Juli schläft ihr Vater auf einem alten Bettgestell in der Küche, er ist zum schlaflosen Greis gealtert und wälzt sich nachts im wärmeausgleichenden Schlafsack aus dem Sportgeschäft, das jetzt sein Sohn führt, und Simons alten Schlafplatz neben Daniela in ihrem breiten Bett belegt neu ein stark herabgesetzter Ganzkörperspiegel aus dem Möbellager. Es fehlt ihr ja nicht nur Simon, auch Aebischer fehlt an den Montagen in ihrem Bett; nur seinen Spruch von der Augenweide, eben dass sie keine ist, führt ihr der Spiegel jetzt allabendlich stumm vor Augen; auch mitten in der Nacht, wenn ihr danach zumute ist, dreht sie das Licht an und sieht ihre fahle, geäderte Haut wie mit Aebischers Augen sich an. Achtunddreissig, denkt sie dann, ist die Hälfte des Lebens. Die Grosseltern haben Kabelfernsehen, und Simon ist glücklich bei ihnen.

Vor Daniela, neben der Kasse, steht eine riesige Glasschale mit Fruchtbonbons drin, von SKANDINAVISCH LEBEN offeriert für die Kinder der Kundschaft. Daniela greift sich eines, wie unter Zwang, sich zu erinnern, die mit Ananasgeschmack sind grün eingewickelt, es ist unglaublich, wie hartnäckig die Dinger an den Zähnen kleben, und fast widerlich süss schmecken sie; Simon hatte so eines im Mund an jenem warmen Aprilabend . . ., dieses eigengesetzliche Gedächtnis lässt sie öfter im Stich, aber für diesen Aprilabend liefert es einen gestochen scharfen Film, ein Alptraum, der ständig vor ihren Augen in Zeitlupe abläuft: . . . Fieberbläschen sieht sie, *herpes labialis,* die sich von Simons rechtem Mundwinkel die ganze Backe hochziehen, rotgelb vereitert und klebrig, kann mein Kind denn kein normales Gesicht haben, denkt sie, nein, wahrscheinlich nicht; Simon sitzt auf Danielas Schoss und schmatzt an einem Bonbon, die säuerliche Ananasspucke tropft aus seinem zufriedenen Mund auf Danielas Jeans, es ist ihr egal, durchs offene Fenster weht Radiomusik, *everyone has a heaven inside,* singt Kate Bush, Daniela singt mit und glaubt beinahe an den Himmel, der sich blassblau über ihr und Simon und dem Einkaufszentrum wölbt. Sie wiegt ihr Kind leise im Takt, die Augen hat sie geschlossen, so sieht sie diese ekligen nässenden Fieberblasen nicht, aber Simon schaut der Mutter ins Gesicht, auf die lange schmale Nase, den herabhängenden Mund, und dem Kind entgeht nicht das Bild, das die Mutter von ihm hat, das Bild mit den ekligen nässenden Fieberblasen, und er sagt nach minutenlanger Abendstille: »Schlag mich tot. Ich weiss genau, dass du mich am liebsten mit einem Beil in zwei Teile hacken möchtest. Du möchtest mich in zwei Teile hacken, bis alles Blut aus mir herausläuft und ich ganz tot bin.«

Daniela kaut ihr Ananasbonbon mit ihren gesunden Zähnen zu Tode, sie kleckert wie ein Kind, lässt den klebrigen Saft einfach auf den braunen Geschäftsboden tropfen und reibt ihn mit den Schuhen tief in den Teppich hinein.

Dann schaut sie auf die Uhr, bald ist Feierabend; sie wird wahrscheinlich ins Kino gehen, mit zwei, drei Frauen vom Verein; seit fünf Jahren nimmt Daniela teil an den Verein-für-Alleinerziehende-Sonntagen, am Brunch im Gemeinschaftszentrum, an diversen Picknicks und *Brätleten* im Grünen, am Coupe-Essen im Ausflugsbeizli, wo dieser Elendshaufen von Exehefrauen einige Coupes à deux bestellt, weil das billiger kommt, und mit dem Coupe à deux werden die Exehemänner gleich im Kollektiv aufgefressen (in diesem Kleinstadtverein ist Daniela die einzige ledige Mutter), und Daniela erinnert sich kurz vor Ladenschluss, dass sie vor zwei Jahren stolz erzählt hat, wie sehr sie sich auf die grössere Wohnung freue, vor allem für Simon, der ein eigenes Zimmer bekommen würde –

man sollte sie alle totschlagen, denkt sie: Manche, die Aebischers, die Grossmütter, die Väter, die Chefs, diese alleinerziehenden Mütter;

mich auch.

Christmas

1 Christmas

Ankunft frühmorgens in London Heathrow; jetzt endlich ist Esther an einem anderen Ort, in einem fremden Land; in der Luft liegt Kerosin, dieser Gestank, der ihr eine neue Welt verspricht, und eine halbangenehme Feuchtigkeit; das lässt sie aufatmen, und die Erinnerung an die beklemmende Spitalsauberkeit der letzten Tage und Nächte verflüchtigt sich. Esther Amt, geborene Schweizerin in selbstverständlicher Nachfolge ihres aus Schmölln bei Dresden stammenden Grossvaters Emil August Amt, der sich als Offiziersstiefelfabrikant 1911 in die Confoederatio Helvetica CH eingekauft hatte; diese so bestimmte Person inmitten von Zehntausenden, Ankommenden, Abholenden und Zaungästen, Esther Amt, geboren am 6. September 1962 in Basel, als Tochter eines halbseidenen, ständig abwesenden Rechtsanwalts und einer erfolgreichen, ständig abwesenden Frauenärztin, Bürgerin von Biel BE, steht mit ihrem rotgoldenen Haar in der Ankunftshalle von London Heathrow. Sie überlässt ihr Gewicht Londoner Rolltreppen, wird Teil des Körpers dieser Stadt und ist *die* nicht mehr, die sich selber Fremde, die sich nach den geglückten Operationen der plastischen Chirurgie an Nase und Brüsten etwas ungeschickt vor den grossen Spiegel in der Berner Altwohnung am Breitenrain stellte und wusste, was ihr da so entgegenleuchtete: eine rosige glatte Aussenfläche, rohes müdes Körperfleisch umspannend, spröde Knochen ummäntelnd: eine vollendete Fälschung, als sei ihr Körper ein Stück gerettete Schönheit der Natur.

In einem fremden Land meint hier in London, in der Victoria Station, zwei Stunden später, am 22. Dezember 92, three days before christmas: nicht wie in der Schweizer Kleinstadt, wo sie seit zwei Jahren wohnt, wo sie sagen kann, in der Bäkkerei *Liebi* zum Beispiel, wo der Werbung gemäss alles mit *viel Liebi* gebacken wird: Ich hätte gerne ein Brot, oder ein Pfund Ruchbrot, bitte, oder haben Sie noch ein biologisches Roggenbrot? Statt dessen kauft Esther am Schalter ein 24-Stunden-Ticket für die *Tube*. An jedem Wort hört die Teilzeitschalterangestellte es ihr an, ohne sich weiter dafür zu interessieren, wozu auch, ihr Mann ist wahrscheinlich arbeitslos, sie haben zwei Kinder, und sie verdient schlecht; es meint natürlich harmlos: eine hungrige Touristin in der Victoria Station, und das ist Esther ja auch. Mit der Hand schiebt die Frau Esther das Ticket zu und schickt einen Kontrollblick nach, hat der Austausch funktioniert, Geld gegen Mobilität, und im Sekundenbruchteilblick dieser Frau, der sich gleich wieder abwendet, gespiegelt, sieht Esther, blitzartig aufleuchtend, ihr längst vergessenes Schweigen;

ihr vergessenes Verstummen der Fünfzehnjährigen, der Siebzehnjährigen, der Zwanzigjährigen;

ihr vergangenes Schweigen sieht sie und ihr zukünftiges; es erscheint ihr, im routinierten Sekundenbruchteilblick einer weisshäutigen Schalterbeamtin mit kariösen oberen Schneidezähnen, ihr vergrabener Wunsch nach einem monatelangen Schweigen, ihr alter Traum, sich geräuschlos zu verirren im Rhythmus einer Großstadt, ihre Zukunft zu verlieren, die sie hasst, weil sie, aller Wahrscheinlichkeit nach, Verlust, Krankheit und Tod bringt; sie nimmt ihr Ticket und sagt: thank you.

Vielleicht wäre das mein Glück, denkt Esther, während sie das Ticket hastig in ihr Portemonnaie zwängt, ein weiteres Mal einige Monate einfach zu schweigen, stumm im Supermarkt einzukaufen und souverän mit grossen Scheinen zu bezahlen, den Mund nur noch zum Essen zu öffnen oder zum Küssen (eher unwahrscheinlich) oder zum Kotzen (eher wahrscheinlich).

Es regnet auf die roten oder blauen zweistöckigen Sightseeing-Busse der Cityrama-Tours, die bemalt sind mit den Flaggen aller möglichen Touristenherkunftsländer; what is the reason for your visit to London? hat der Immigration Officer sie bei der Einreise gefragt; visiting friends, hat Esther lachend geantwortet, ihre Schneidezähne sind noch in Ordnung, die anderen Zähne auch.

Visiting friends; hätte sie nicht präziser antworten müssen: Ich bin auf der Flucht? Geradezu lachhaft! Oder vielleicht wahrer: Ich bin in London, um dem Sterben zu entkommen, ich warte auf die Todesbestätigung aus Bern? Ruhen Sie sich um Himmels willen aus! hat Raymonds Ärztin gestern abend im Spital zu Esther gesagt. Esther hatte sich als Raymonds ehemalige Lebensgefährtin vorgestellt, und somit galt sie für das Spitalpersonal aller Wahrscheinlichkeit nach als ebenfalls infiziert, man fragte sie nicht danach, sie hätte auch nicht antworten können.

Geradezu beschworen hat sie mich, diese Ärztin, denkt Esther stumm und erbittert: Ich bitte Sie, denken Sie auch an sich!, als sei ich auch schon krank. Gestern abend schnitt Esther sich selbst erschöpfte Gesichter zu im Neonlicht des Besucher-WCs, ein stinkender Belag von ihrer Zunge wehte sie dabei an; nichts Beunruhigendes nach all den schlaflosen Nächten, dachte sie, wenn einem vom eigenen Atem schlecht wird; und sie entschloss sich, nach London zu fliegen, wohin sie niemals gewollt hatte, wo Raymond drei Jahre als Lehrer einer Schweizer Schule gearbeitet und mit Sanjeev zusammengelebt hatte. Ein Platz war noch frei in der ersten Morgenmaschine der Swissair.

Raymond ersparte sich und Esther viele Worte über seine Liebe zu Sanjeev, es genügte, immer wieder zu hören, wie er den Namen aussprach: Sendschijv, flüssig und gedehnt, wie ausgegossenes Öl, so konnte keiner Esther aussprechen, dachte sie, obgleich der Name Stern bedeuten soll; Raymond bezeichnete seine Liebe mit dem immergleichen Akzent: *trotz allem* die glücklichste Zeit meines Lebens.

Trotz allem.

Einen Teil seiner Habseligkeiten hatte Raymond damals in der Abstellkammer seiner Londoner Wohnung zurückgelassen, ein Nachmieter stand seit Tagen wartend auf der Schwelle; Raymond reiste vor der Beerdigung ab; er hatte seine Stelle gekündigt und Sanjeev zuhause gepflegt, bis er starb. Einen Zettel mit der Adresse und einen Schlüssel für diese Wohnung hat Esther ihm gestern abend heimlich aus seiner zerschlissenen Jeansjacke entwendet, wo er diesen Schlüssel seit Jahren als Reliquie aufbewahrte, als heiliger Zeuge des goldenen Zeitalters wahrscheinlich; danach häutete sie sich vom Hals bis unter die Fußsohlen ein in Raymonds schwarze weiche Lederkluft, so fühlte ihr Körper sich wunderbar gehalten. Raymond lag wehrlos, wahrnehmungslos daneben im hospitalen Morphiumrausch. Der nächste Besucher auf den Wartestühlen draussen im Nachtlicht des Krankenhausflurs war Roland, Raymonds letzter übriggebliebener Freund aus dem Zeitalter vor Aids; kann ich jetzt endlich zu ihm, fragte er Esther; wenn du leise bist, er schläft! antwortete sie; ich fliege morgen nach London, dann habt ihr ihn für euch.

Du glaubst wohl, du bist die einzige, die ein Recht auf ihn hat, wie? Die treue Lebensgefährtin! rief Roland ihr nach.

Die Maschine heute früh war vollgestopft mit Weihnachtspendlern, mit schreienden und sabbernden Kindern. Esther hasste diese selbstverständlichen Kinder, natürlich war sie keine treue Lebensgefährtin, das wusste Roland; sie hatte Raymond vor zwei Jahren verlassen. Raymond, ihren todsicher kranken Vertrauensmenschen und Geliebten. An einem nasskalten Novembermorgen, Raymond war zur Arbeit gefahren, auf Esther wartete eine Vorlesung über Psychopathologie, schrieb sie mit wasserfestem Filzstift quer über das

Titelblatt der Berner Zeitung: *Ich muss fort! Du kommst mir vor wie ein unersättlich selbstmitleidiges Baby,* schrieb sie ihm, *wie ein jaulender Säugling, der meine ganze Kraft aussaugt mit seinem breiten gierigen Mund und mich dabei ständig anschreit: Mama! Schütze mich! Schütze mich vor meinen unerträglichen Todesängsten!*

Sich in einer Stadt nicht zurechtfinden heisst nicht viel; stand in einem ihrer liebsten Bücher, und weiter: in einer Stadt sich aber zu verirren, wie man in einem Walde sich verirrt, braucht Schulung. Die Cityrama-Tours bieten eine zweistündige Stadtrundfahrt in zwölf Sprachen an, inklusive Besichtigung des Tower, für 8 Pfund. Es ist kalt und windig, der obere Stock des Busses ist ungedeckt, fünf Touristen sitzen darauf verteilt, ihre Köpfe sind mit Kopfhörern bestickt: Esther, ein französisch schweigendes Paar, zwei Inder, wie es scheint, Vater und Sohn. Sendschijv, denkt Esther, und sie dreht den Knopf neben ihrem Platz auf Deutsch: *Die Cityrama-Tours heissen Sie willkommen zur Stadtrundfahrt . . .* Sanjeev hat sie nie kennengelernt; nur ein Foto hat sie gefunden, zuoberst im Bücherregal des sogenannten Kinderzimmers ihrer Berner Altwohnung am Breitenrain. Eine Dreizimmerwohnung besteht aus Elternschlafzimmer, Stube und Kinderzimmer, das Foto lag versteckt im *Wörterbuch für jeden Tag von Prof Dr. Lutz Mackensen,* das Raymond in den ebenfalls drei Jahren ihres Zusammenlebens niemals benutzte: Ein Mann, nackt, gleichsam erstarrt, seine Augen sind aufgerissen, sein Mund steht offen, und seine Arme sind ausgespannt, im

Wörterbuch stand *Komplikation,* w (lat) Erschwerung, Verwirklichung; Hinzutreten einer K. zur schon bestehenden Krankheit, wer ist das, fragte sie Raymond und las weiter, *Komplize,* m, Mitschuldiger, -täter; und wusste es doch schon: dieser kleine, feingliedrige Inder mit den mattdunklen Augen musste Sanjeev sein; *Miss Sanjeeva, Mai 86* stand auf der Rückseite der Fotografie.

Nach Sanjeevs Tod vor über fünf Jahren, im Oktober 87, war Raymond, vom Verlust zurechtgewiesen, wie er es nannte, in die Schweiz zurückgekehrt, und mit über die Grenze brachte er einen Schwur, verbindlicher als die Angaben in seinem alten Pass (Name Starck, Vorname(n) *Raymond* Rolf, Geburtsdatum 19. Mai 1953 (fünf drei), Zivilstand ledig, Grösse 187 cm, Haare blond, Augen grün): niemals mehr einen Mann zu lieben.

Raymond war, bevor er, von seiner Entscheidungsfähigkeit selbst überrascht, die Stelle in London angenommen hatte, sieben Jahre lang Esthers sogenannter Vertrauensmensch gewesen; es war die Zeit ihrer unvermittelt aus- und einbrechenden Essstörungen; Raymond war einer, der ihrem dünnen Kindfrauenkörper keine Gewalt aufdrückte, ihr um neun Jahre älterer schwuler Wahlbruder. Esther war seine Komplizin gewesen, lange Zeit die einzige Mitwisserin, Freunde hatte er kaum, und für die erleichterten Adoptiveltern hatte sie seine Freundin gespielt. Nach seiner Rückkehr in die Schweiz war er, vierunddreissigjährig und arbeitslos, wieder zu seinen ehemaligen Adoptiveltern gezogen, in die verengte, geschrumpfte Hochhauswohnung der Vorstadt seiner Kindheit, Bern-

Bümpliz, in das mit Autoabziehbildern tapezierte Zimmer, ins 1,90 m lange Bett, aus dem nachts seine Füsse ragten, oder der Kopf. An der Wand hingen seit fünfundzwanzig Jahren Spiralnebel aus eingetrockneter Zahnpasta, die er als Klebstoff für die Polaroidfotos verwendet hatte; die Fotos zeigten seinen leiblichen Vater bei der Arbeit als Sanitärinstallateur. Irgendwann waren sie von der Wand abgefallen, Raymond war noch ein halbes Kind gewesen, er konnte sich nicht mehr erinnern, so wie er sich an seinen leiblichen Vater nicht mehr erinnern wollte, auch nicht an die Mutter. Raymond hatte es geschafft, er hatte studiert, er war seinen Erzeugern entkommen. Der Vater hatte ihm damals die Fotos geschickt, weiss der Teufel, wie er die Adresse herausgekriegt hatte, ohne einen Absender.

Vor drei Tagen sind die leiblichen Eltern aus verschiedenen Himmelsrichtungen ans Sterbebett ihres verlorenen Sohnes zurückgekehrt –

– Ihrer Rechten sehen Sie Downing Street Nummer zehn, die offizielle Residenz des Premierministers. Das Haus Nummer elf ist die Residenz des Finanzministers, es folgen noch andere –

Raymond hatte bald nach seiner Rückkehr eine Stelle als Lehrlingsausbildner bei einer Nahrungsmittelfirma gefunden; die Gesundheitsprüfung bestand er ohne auffällige Befunde, ein Aidstest wurde nicht verlangt; seine linke Hand schützte er gegen Annäherungsversuche seiner Schüler und Schülerinnen mit einem Ehering.

Esther hatte in der Zwischenzeit, in den drei Jahren ohne Raymond, gelernt zu ficken, wie sie als Kind gelernt hatte, ihre Schuhe zu binden; beides, ohne hinzusehen. Die psychiatrischen Behandlungen hatten ihre Pflicht erfüllt, ihr Körper funktionierte, sie konnte wieder essen, wenn auch nur für sich allein, eingesperrt in ihrem Zimmer.

Eine Frau hatte sie nie werden wollen; jetzt schien sie eine zu sein.

Nach der Silvesterparty 87 hatten Raymond und Esther zum ersten Mal miteinander geschlafen, beide vom Alkohol aufgeweicht, in Esthers Wohnung am Breitenrain, schnell, um der Panik zuvorzukommen, ohne Präservativ. Zu ficken wurde bald der beste Trost für ihre beiden geschundenen Körper, ihr tägliches Credo, sie glaubten wieder an einen Gott, an den Gott des Aussersichseins, an die Göttin der Ekstase, Raymond und Esther flehten sie an um ihr tägliches Brot, um die ständige Erneuerung ihres zweifachen Begehrens: nach der Unsterblichkeit und nach dem Tod. Aus der nackten, täglichen Angst fielen sie für Sekunden in den Gefühlsschoss einer Unsterblichkeit; das Ticken des Weckers auf dem Nachttisch, ein Blick in die Augen des anderen oder auf einen eingetrockneten Kaffeefleck auf dem Leintuch schleuderte sie zurück in den Alltagstod –

Seit Wilhelm dem Eroberer ist sie die Krönungskirche der englischen Herrscher. In der Westminster Abbey finden Sie auch das Grabmal des Unbekannten Soldaten; die St.-Georgs-Kapelle ist den Gefallenen des Ersten Weltkriegs –

Sich zu umarmen schien ihnen heilsam, heilsamer als ihr übriges gemeinsames und einsames

Tun, abwaschen, lesen, kochen, stehen und gehen, erlösender als ihre Berufe, Esther studierte Psychologie, tröstlicher als Raymonds hektisches Vereinsleben oder die Wiederholungskurse beim Schweizerischen Militär.

Esthers Eltern hatten ihre Tochter für verrückt erklärt, mit einem zusammenzuleben, der doch eigentlich *so* war; *so* war das Elternwort für schwul. Manchmal zweifelte Esther an der Unrichtigkeit der elterlichen Meinung.

Ihr Anwaltsvater für Recht und Ordnung hatte Anfang der achtziger Jahre, in einer der letzten gesamtfamiliären Ferienhaus-im-schönen-Elsass-Folterwochen, in rasender Wut den Bildschirm des Fernsehers mit schwarzem Klebeband überzogen, um seine drei pubertierenden Kinder vor einem abartigen Film zu schützen: *Die Konsequenz,* ein authentischer Bericht über die erfolgreiche erziehungsheimische Zerstörung bis zum Selbstmordversuch eines Mannes, der von Gesetzes wegen zu jung war für sogenannte intime Beziehungen mit einem anderen Mann. Dieser Film ist eine Verherrlichung der Homosexualität! schrie der Vater, und sein Körper zuckte; seine Hände verkrampften sich zu Fäusten. Der Mutter taten solche kranken Menschen einfach leid.

Als Esther Raymond verliess, liess sie alle ihre Kleider und Möbel in ihrer Wohnung zurück, in der Mensa ass sie Fisch mit Bratkartoffeln, es war ein Freitag; früher hatte sie, wenn sie keine Zeit hatte, zwischen den Vorlesungen nach Hause zu fahren, sich in ein WC der Universität eingeschlossen und mitgebrachte Brote möglichst geräuschlos hinuntergewürgt; sie hatte schnell gelernt, welche WCs zu welchen Zeiten und an welchen Wochentagen kaum benutzt wurden.

Später an jenem Abend betrank sie sich in einer zufälligen Kleinstadt aareabwärts, wo sie heute wohnt; sie betrank sich teuer mit Pure Highland Malt Whisky und weinte ihr Rührstück Raymond ins Telefon: Hallo, ich bin's; ich –

Du miese elende Krankenschwester, du hässliche, feige Krankenschwester, brüllte Raymond ihr aus dem Hörer entgegen, dann legte er auf.

Fast zwei Stunden ist der Bus durch London gefahren; *jedes Jahr schenkt das norwegische Königspaar der Londoner Bevölkerung einen riesigen Weihnachtsbaum,* der am Trafalgar Square langsam vom Verkehr eingeschwärzt wird, *in Erinnerung an die Aufnahme norwegischer Flüchtlinge im zweiten Weltkrieg;* eine alle Jahre wieder verdorrende Trophäe der Nächstenliebe, und anstatt den Tower zu besichtigen, ist sie einfach im Bus sitzen geblieben.

Zurück in der Victoria Station: Rolltreppen, die stechen glänzend hoch ins Einkaufszentrum unter der Bahnhofskuppel, als sei die ein Himmel, wohinein man zu gelangen sich sehnt. In der Bahnhofshimmelskuppel tobt ein grellbunter Vorweihnachts-Ausverkauf, vielleicht findet Esther ein Weihnachtsgeschenk für Raymond, bestimmt wartet irgendwo ein Buch: Was schenke ich einem Sterbenden zu Weihnachten?; in der Bahnhofshimmelskuppel riechen die Toiletten blumig dank in die Kotschüsseln eingelassenen Dufterfrischern extrastrong, und im obersten Stockwerk dampfen sieben Schnellrestaurants für die Versorgung von vielleicht täglich 7836 fraglos bluthaltigen Menschenindividuen. Esther stellt sich in die Reihe für einen Big Mac –

was sie Raymond damals verschwieg, als hätte er, der Hypochonder, es vor seiner überwachen Wahrnehmung geheimhalten können: die Krankheit hatte seinen Geruch verschärft, sein glatter, schimmernder Körper roch salziger, er schwitzte nachts seine Bettdecke nass; Esther hängte die Bettdecke morgens aus dem Fenster, nachdem Raymond zur Arbeit gegangen war, und legte sie wieder aufs Bett, bevor er nach Hause kam.

An Sonntagen sass er oft stundenlang wie in einen hellen Traum von einer anderen Welt versunken am Küchentisch, fing die Kopfschwere mit seinen Handballen auf und bedeckte die Augenlider mit seinen Fingerkuppen. Und manchmal vergass er abends, sich die Zähne zu putzen, oder er schlief in den Kleidern ein, um mitten in der Nacht aufzuwachen und sie sich entsetzt von seinem Körper zu reissen.

Das waren keine Gründe, einen Menschen zu verlassen.

Wie sich der Mann am Nebentisch im McDonald's zu ihr hinüberlehnt, seine Augen wie trübes Wasser, als spülte die Themse seinen Blick in jeder Sekunde mit sich fort:

Are you on holidays, fragt er, und hat dabei schon festgestellt.

Well, holidays, yes – sagt Esther.

I like your jacket, I am a painter, sagt der Mann am Nebentisch, und so weiter, etwas geschieht zwischen ihm, er mag fünfundfünfzig sein, ein Buch hat er auch geschrieben, erzählt er, und Esther, die den rechten Fuss in ihr viertes und aller Wahrscheinlichkeit nach letztes Lebensjahrzehnt streckt, wenn man sich die Menschenjahre so gradlinig als Massstab auf einen Laufsteg klebt; das linke Bein mag sie nachschleppen oder selbstvergessen in der Luft stehen lassen.

Zum dreissigsten Geburtstag schickte Esthers Mutter, sie war längst Professorin für Gynäkologie, ihrer Tochter zwei Paar offensichtlich teure Schuhe, rote und schwarze Schuhe aus Wildleder mit hohen Absätzen; die Mutter wusste, dass ihre Tochter kein Wildleder mochte und auch keine hohen Absätze; *Meine liebe Tochter!* schrieb sie, *Ich war in Paris und habe Dir wunderbare Schuhe mitgebracht. Sollten sie Dir trotzdem nicht gefallen (ziehst Du Dich noch immer so an wie eine Zwanzigjährige?), so schicke sie bitte an die folgende Adresse zurück.* (Es folgte die Adresse eines Pariser Schuhgeschäftes.) *P. S. 1: Ich muss Dich dringend darauf aufmerksam machen, dass ab dreissig das Risiko, ein erbgeschädigtes Kind zu bekommen, sich drastisch erhöht. Du solltest Dich also beeilen. P. S. 2: Isst Du auch jeden Tag Rohkost? Bitte denke daran, frisches Gemüse nie länger als zwei Tage im Kühlschrank aufzubewahren, es verliert sonst die Vitamine. Es küsst Dich, Deine Maman.*

Esther trug die Schuhe mit spitzen Fingern zur Caritas. Seit über zwei Jahren hatte sie ihre Eltern nicht mehr gesehen.

Ein Beruf ist wichtig, die Frage kommt, so sagt

sie: I' m a student. I've been a student for ten years now.

And what is the reason ...? fragt er

I wanna look at the Thames – lacht sie in seine ungesund geblähten Fischaugen und reckt ihren Hals nach oben, damit er sieht, was er sehen soll: ihren Schwanenhals und seinen Abgesang, das Ende der Strophe, die Katastrophe: die vergrösserten Lymphknoten; vielleicht ist die Vergrösserung eine blosse Einbildung. Ihre beiden Gesichter halten sich wacker gleichmütig, trotzdem sie jetzt so nah aneinander sind: zehn Zentimeter, und sie reden über die Schweiz.

Oh Switzerland! clean country.

Yes, sagt sie.

Oh Herbert, sagt sie, not an English name.

No, a German name. My ancesters came from the Normandie with William The Conquerer in 1066.

There's no difference between a Big Mac in Zürich and a Big Mac in London, lacht Esther.

Oh, isn't there? But there must be a difference between London and Zürich; I'll show you London tomorrow, sagt er und give me a kiss, und sein Fleisch fällt geruchlos weich gegen Esthers Backen, aus seinem Mund riecht milchsäuerlich die heisse Schokolade von McDonald's; er trinke immer nur heisse Schokoladen, hat er erzählt, davon könne man leben.

Mit Raymond hatte sie wieder gelernt zu essen. Seit sie fünfzehn war, sieben schreckliche, fette Jahre lang, war sie in psychiatrischer Behandlung gewesen, sieben Jahre lang fühlte sie sich unerträglich fett, wollte nicht erwachsen werden und niemals fruchtbar; als Raymond von London zurückkam, konnte Esther immerhin in ihrer Wohnung eingeschlossen Nahrung zu sich nehmen. Während Raymond nach der Neujahrsnacht Esthers Lieblingsspaghetti al Pesto ass, die sie nachher, im Kinderzimmer, für sich allein hinunterschlingen würde, trank sie, seinem Blick ausgesetzt, langsam Schluck für Schluck ein Glas Wasser. Am nächsten Tag stellte Raymond einen Teller mit Wasser vor Esther auf den Tisch und legte einen Löffel daneben, iss! befahl er; Esther zitterte vor seinen Augen, löffelte so schnell sie konnte das Wasser in sich hinein, ohne ihn anzusehen, sie versuchte, seinen Blick wegzudenken, es ging nicht, er starrte sie immerzu an, starrte, er war ihre Mutter, die alles sah, die sich ihre Tochter gnadenlos ansah: Esther war falsch, ihr Gesicht war das falsche, ihre Hände waren falsch, das ganze Kind war falsch geboren, falsch. Zwei Minuten später erbrach sie sich in den Teller. Nach drei Tagen gelang es ihr erstmals, das Wasser in ihrem Körper zu behalten; Tage später einen Babybrei.

In der U-Bahn nach South Ealing bewältigt sie, in Raymonds Lederjacke steifsitzend, zwei Aufgaben, warten und sich erinnern; sie erinnert sich an dieses Telefon vor ein paar Tagen; Raymond, schwer atmend: bitte, komm! –

Sie hatten einander vor zwei Jahren ein Versprechen gegeben, nachdem Esther Raymond verlassen hatte, in die andere Stadt gezogen war und irgendein neues Studium an einer anderen Universität aufgenommen hatte, ihr drittes, Mathematik. Esther wusste nicht, was sie anderes hätte tun können; das Versprechen hiess Sterbebegleitung: Raymond wird sich nicht scheuen, Esther anzurufen, wenn er sie braucht, und Esther wird für ihn dasein. Dieses Versprechen hatten sie einander in zähen Verhandlungen abgerungen; und sie wussten beide, es war das menschlichste Kind ihrer seltsamen, ohnmächtigen Liebe.

Esther hatte mit seinen zwei, drei Freunden ein Informationsnetz über Raymonds Befinden gezogen, viel erfuhr sie nicht: Er lebte sehr zurückgezogen, seit einem Dreivierteljahr war er arbeitsunfähig, von den zwei Jahren hatte er fünf Monate im Spital verbracht, er litt abwechslungsweise an Durchfall, Verstopfung, Gürtelrose, Lungenentzündung, schmerzenden Infektionen im Mund; und nie hatte er versucht, Esther zu erreichen.

Am 12. Dezember wurde er von seinem Hausarzt mit einer akuten Lungenentzündung in die Intensivstation des Inselspitals eingeliefert und lag drei Tage vor sich hindämmernd unter dem Sauerstoffzelt, am 16. verlegte man ihn auf die Station für Langzeitkranke; war er ein Langzeitüberleber oder ein Langzeitsterbender, man wusste es nicht; es war letztlich beides dasselbe. Am 17. endlich erwies sich das Versprechen als einlösbar: bitte, komm! – hustete Raymond ins Telefon, ich habe keine Kraft mehr. Esther setzte sich in den nächsten Zug nach Bern. Mario erwartete sie vor dem Krankenzimmer. Du wirst ihn kaum wiedererkennen, sagte er und erzählte ihr von seinem letzten Besuch bei Raymond zuhause; die Wohnungstür sei unverschlossen gewesen, er habe ihn am Küchentisch sitzend gefunden, entsetzlich abgemagert, mit tiefhängendem Kopf; Raymond habe aufgeblickt und gesagt: Schön, dass du kommst, so weiss ich, für wen ich den Kopf hebe.

Die letzten fünf Tage und vier Nächte in Bern war Esther fast ohne Schlaf und ohne Zeitempfinden; endlos sass sie auf dem Klappbett neben Raymond im Spital, massierte vorsichtig seinen Rücken, starrte auf den Herzkatheter, durch den tröpfelte das Morphium direkt in sein Herz, seit Tagen schlug sein Herz 160mal jede Minute und zwang ihn zur Wachheit. Neununddreissig ist er, und von erbarmungsloser Tüchtigkeit ist sein Herz: Wäre er älter, er wäre längst tot, in diesem Verfallsstadium, sagten ihr die Ärzte, es könne noch Monate dauern, oder auch nur noch Tage, Stunden vielleicht.

Trotz Marios Vorbereitung schlug ihr Raymonds Anblick Wunden in die Haut, ihre Augen brannten; Steine, spitze, kleine, prasselten auf ihre Netzhaut; ja, ich bin's, sagte er nur, sieh mich an.

Sieh mich an. Und Esther zwang sich hinzusehen. Sein in einer anderen Zeit, an einem anderen Ort so bedingungslos begehrter Körper, sein geliebter Körper war von Wasser und Luft aufgequollen wie eine aufgeblasene Gummipuppe; Raymonds viruszerfressene Lunge stülpte die Atemluft durch ihre Löcher nach aussen, und seine papiertrockene Haut blähte sich auf, als hätte er zum Spass Ballone verschluckt. Mit jedem Atemzug keuchte er an gegen das Ersticken.

Vor Jahren hatten sie einander zugeflüstert: Bist

du schön, gross, muskulös, glatthäutig, was weiss man,

makellos.

Vor Jahren hatte ein Gott, dieser plastische Chirurg, Esthers Nase schmalgerade gebaut; ein anderer Gott hatte später von ihren Brüsten das herabhängend nutzlose Gewicht geschnitten; er hatte Esther darauf hingewiesen, dass sie nach dieser Operation wahrscheinlich niemals ein Kind würde stillen können; ein Kind! hatte sie gerufen, ich bin noch mein eigenes Kind, ich brauche kein anderes! Natürlich nicht nur für Raymond hatte sie es getan, perfekt zu sein, vollendet, abgeschlossen, gleichsam angenehm tot, und doch für Raymond, der alle Hässlichkeit, wie er damals sagte, als einen physischen Schmerz erfuhr. Von Sanjeev erzählte Raymond, er sei in Würde und Schönheit eingeschrumpft, sein Körper sei immer durchsichtiger geworden, und, *ob du es glaubst oder nicht,* im Tod sei er vollkommen gewesen.

Vorgestern im Spital hatte er leise gefragt: Darf ich dich wieder *mis Modi* nennen?

Du darfst, hatte Esther geantwortet; *Buebeli* hatte sie ihn früher genannt, das Wort lag eingeschlossen im lichtlosen Keller ihres Kehlkopfes, denken konnte sie es, nicht aber es aussprechen, *Buebeli.*

Modi, hatte Raymond gejauchzt, Modi!, es war ein Jauchzen, das hinter der Todesfratze leuchtete, Modi, ich, hab, mein, Herz, bei, dir, par, kiert!, seine Stimme hüpfte von einem Wort zum nächsten, Esther hatte sich auf den Rand des Spitalbetts gesetzt, und sie lachten zusammen, verlachten die Schlucht zwischen ihnen, stopften sie zu mit erinnertem Glück, bis Raymond blau angelaufen war, er hatte gehustet und gespuckt; die Spucke zeichnete kleine Blutseen auf die Bettdecke.

Aussteigen, London, South Ealing, Carlyle Road: Reihenhäuschen, an die schmiegen sich wachsende Müllgärten. Der Schlüssel passt, in der Wohnung ist niemand. In dieser Nacht schläft Esther endlich elf Stunden in ihren durchregneten Kleidern, einen Pyjama hat sie vergessen, ausziehen mag sie sich nicht, es ist zu kalt, in der Matratze hockt eine alte Feuchtigkeit; sie schläft in Raymonds und Sanjeevs sinnlos übriggebliebenem Doppelbett in einer unheizbaren Abstellkammer; da hat Raymond seine Restdinge verwahrt, seine Habseligkeiten.

In einer Ecke entdeckt sie am Morgen zierliche, verschimmelte schwarze Lederschuhe und braune Cowboystiefel Grösse 43, Raymonds liebste Schuhe stehen wohl neben denjenigen Sanjeevs; als hätten die den Schuhen zugehörigen Körper sich von ihrer Erdenschwere gelöst, denkt Esther, als hätten sie ihr Gewicht abgestreift wie ein überflüssiges Kleid und seien in den feuchten Londoner Himmel aufgefahren; übrig bleiben die Schuhe, eine Welt, bewohnt von unzählbaren Toten: Millionen von Staubteilchen.

Sie telefoniert nicht nach Bern, nein; soll er doch ohne sie verrecken; jetzt, wo sich alle um ihn reissen. Alle sind sie plötzlich gekommen ins Inselspital und haben vielleicht erschreckt die Tafel vor der grünen Zimmertüre 121 gelesen: Besucher bitte bei der Schwester melden!: Nein, es sei noch nicht zu spät, wurden die Besucher beruhigt, er atme noch, man müsse die plötzlich anschwellenden Besuche allerdings sozusagen rationieren, mehr als zwei pro Tag überlebe er nicht. Geduldig hatten die Besucher sich alle hintereinander gestellt, hatten sich mit widerwärtigem Anstand formiert in eine Warteschlange zum Sterbebett: der leibliche Vater, die leibliche Mutter, kleine, gekrümmte Figuren, sein Bruder, Arbeitskollegen, alte Liebhaber, Männer und Frauen, und sie hatten der Reihe nach mit unverhüllter Schuld in den Augen gebettelt und vergib mir mein dreissigjähriges Vergessen deiner Existenz!; und vergib mir meine panische Angst vor Ansteckung!; und vergib mir meinen Ekel vor deiner sich schuppenden Haut!; und eigentlich wollte ich doch schon lange!; worauf Raymond hustend ausgespuckt hatte die Absolution: du kannst auf einem ruhigen Gewissenskissen weiterschlafen; du auch; du auch; du auch.

Wie schön du bist, sagt Herbert Hardwick an diesem Tag zu Esther; sein weinroter Rollkragenpullover hat links vom Kragen ein ausfransendes Loch. Ein feines Erstaunen fällt über die beiden: Sie haben sich, wie verabredet, wieder getroffen, 23. Dezember, halb eins, Victoria Station, McDonald's. Er trägt dasselbe wie gestern; erst heute sieht Esther, was er gestern schon hatte: eine bleiche Glatze mit drei blutverkrusteten Schnitten.

Er habe sich mit dem Kopf am Türrahmen gestossen, erzählt er.

Esther fragt ihn, wie alt er sei.

Well – I'm forty-six. I'll show you my paintings today.

Yes.

Sie verzehrt ihre Pizza, die gibt es hier auch im McDonald's, die Pizza überholt in den USA den Hamburger, das hat sie irgendwo gelesen; sie schickt ihren Kopf in eine erholsame Resignation und lässt ihr Gegenüber reden. Herbert Hardwick formt ökonomisch die Worte, er schiebt seine Zunge behäbig an abgenutzten Zähnen vorbei: Sein Buch werde morgen publiziert, erzählt er, on Christmas' Eve, es sei seine Autobiographie, die er seit fünf Jahren zu veröffentlichen versucht habe, und jetzt habe sich der bedeutendste Verlag Grossbritanniens – you won't believe me, it's a miracle!, mit seinem Buch werde die Erde von Krieg und Umweltzerstörung erlöst, die Menschen lernten wieder, sich zu verständigen, das sei die Hauptherausforderung unserer Zeit –

Er habe ja möglicherweise recht, aber sie glaube nicht –

An ein Wunder –?

Nein.

Sie bewegen sich nebeneinander her und fühlen sich aufgeweicht, wie aus Pappe in regensatter Luft in einer Stadt, die heisst London,

You don't believe in God, do you, fragt er

No, I don't

und er besteht später trotzdem darauf zu bezahlen, vier Pfund neunzig für zweimal Tee und zwei warme Mahlzeiten in einem Restaurant. Was sie gegessen haben, ist nicht spürbar für ihre Geschmacksnerven, aber es steht irgend etwas auf der Speisekarte: Gefüllte Auberginen, Gemüse, Chips.

In der verhockten Feuchtigkeit der U-Bahnstation kräuseln sich ihre dünnen rotgoldenen Haare, das steht ihr gut; Herbert Hardwick und Esther Amt halten sich aneinander, sie stehen in eine Zeitung vertieft während der Rush-hour in der Piccadilly-Line und diskutieren über mögliche Kinoprogramme, Chaplin vielleicht, etwas Lustiges.

London, Manor House: Nacht fällt über rotschmutzige Häusertürme; bevor sie seine Wohnung betreten, sagt er: I had a leek, und: they disconnected the gas.

Die Wohnung liegt im Erdgeschoss, der Steinboden ist überschwemmt, Herbert führt sie ins einzige trockene Zimmer: kalt ist es, irgendwo steht ein Tisch mit einer elektrischen Schreibmaschine, daneben liegt ein dickes Typoskript, Esther liest den Titel: THE MIRACLE; über die Lehne eines senfgelben Sofas hängt ein Dutzend Socken in Mischfarbe, von bunten Wänden stützen sich ab bemalte Sperrholzplatten: ein erbärmlich kopierter Christus von El Greco, umzingelt von Selbstportraits; Herbert Hardwick hat seinen Kopf flammend rot gemalt, überzogen mit einem Geflecht feinster blauer Linien.

In meinen Adern fliesst blaues Blut, erzählt dieser Mann mit der bleichen blutverkrusteten Glatze, ich bin ein Verwandter der Queen, das steht alles in meinem Buch, ich habe die Unterstützung von Margaret Thatcher. Lord Second Earl Grey, der Premierminister von 1830–34, war mein Ururgrossvater, er hängt in der National Portrait Gallery; Herbert dreht das batteriebetriebene Radio laut, und es verkünden die QUEEN: The show must go on, er singt triumphierend mit, er müsse seine Stimme trainieren, morgen erhalte er einen Scheck über 15000 Pfund für das Buch, das sei noch gar nichts, jeder Mensch werde sein Buch lesen, jeder werde ihn am Radio hören, er werde singen auf der ganzen Welt. Er umgreift Raymonds Lederjakke, will zu Esthers Haut kommen, sagt sanft, ohne Begehren,

You're beautiful.

Die Welt dreht sich schwindelnd unter ihren Füssen, Esther wirft über Bord alles Mitgefühl und schreit ihn an: Du verreckst hier in diesem Loch und bist ganz einfach vor Einsamkeit durchgedreht!

Vielleicht zehn Sekunden lang herrscht Stillstand; vor einem möglichen Anfang –

Get out of this flat! schreit Herbert Hardwick zurück, get out of here immediately!

Esther flieht, die Tür schlägt hinter ihr zu.

Bern, 24. Dezember; im Hochhauskrankenzimmer herrscht eine Sauberkeit, welche Esthers Augen verletzt, eine mit ätherischen Ölen getränkte Luft, die gesunde Schleimhäute reizt. Es ist sechs Uhr abends, und Esther hält die Kotschüssel unter Raymonds wunden Po. Raymond atmet ruhiger, aus seinem Darm fliesst der gesammelte Müll der letzten zwei Wochen, wie es stinkt, dafür gibt es kein Wort, ein Abführmittel hätte er nicht überlebt, er mit seiner Darmkrankheit, mit seinem Morbus Crohn, sagen die Ärzte, jetzt geht es von selbst: es sei wie ein kleines Wunder. Auch das Wasser, das sich gestaut hat in seinem Körper, das ihn manchmal aussehen liess, als sei er gesund, ist abgeflossen; es bleiben ihm fünfundvierzig Kilo Körpersubstanz. Auf dem Tisch steht eine kleine, mit Bienenwachskerzen geschmückte Tanne, darunter leuchtet eine rotweissgeblümte Blechbüchse mit duftenden Weihnachtskeksen, gebacken von Raymonds Adoptivmutter.

Esther schenkt ihm Jemalt, ein Aufbaupräparat, und eine Essenz, welche die Aura stärken soll; Raymond erzählt, in der letzten Nacht habe er träumend sich aufgeschnitten, er habe seine Lunge und seinen Darm aus dem Körper gehoben; er habe seine Organe wie ein Pizzabäcker geschlagen und weichgeknetet und sie mit letzter Kraft wieder in den offenen Körper hineingelegt;

als sei es für ihn richtig so, denkt Esther – er fühlt sich heute besser, sein Zustand ist trotzdem unverändert kritisch –

es aufschiebend, das Sterben zu verlängern.

2 After Christmas. Fortsetzung

Esther Amt sieht den Himmel in Bern am 26. Januar morgens um zehn: er ist schreiend blau. Zuckriger Neuschnee liegt auf den Dächern der Insel. Unter den Dächern der Insel hortet man atmende Schätze: zahlende Patienten; diese Insel ist ein Spital.

Raymond hält sich im Rollstuhl die Ohren zu, vielleicht ist ihm kalt, aber er strahlt:

Das hättest du mir nicht zugetraut! Dass ich noch einmal lebend hier rauskomme!

Von hinten sieht sein Kopf aus wie ein Igel.

Du siehst gut aus, sagt Esther, du warst beim Coiffeur –

Erzähl keinen Quatsch, grinst er, ich bin zu drei Vierteln tot.

Seine dünnen, silbrigen Haare stechen, als seien sie Nadeln, in diesen Himmel: untaugliche Waffen gegen die Krankheit von innen.

Esther schiebt den Rollstuhl zum Helikopter.

Geboren wird einer im Passiv, sterben muss einer zumeist selber, das ist für manchen zähe Arbeit. Raymond winkt, den Sauerstoffschlauch in den entzündeten Nasenlöchern, er hat sich seinen Triumph inszeniert: Fünf Krankenschwestern und vier Ärzte stehen wortlos im Kreis um den rotglänzenden Helikopter der Rega; seine Mutter und Esther küssen Raymonds papiertrockenes Gesicht. Er riecht nicht wie einer, der stirbt; er riecht nach dem Babypuder, den er mehrmals täglich sich einreibt, mit verzweifelt schamloser Hingabe an seinen entblössten Körper.

Raymond wird nach Montana geflogen, in eine Klinik für Lungenkranke, er hat es sich sosehr gewünscht, die Berge um sich zu haben, wie einen Schutzwall; weisst du, ich spüre es, hat er leise zu Esther gesagt: die Berge schützen mich; und dann hatte er, noch leiser, hinzugefügt: ich will noch nicht abtreten.

Keiner sagt: auf Wiedersehen, auch nicht: adieu; man sagt, flüstert, ruft, heult: gute Reise!, und als die Rotoren erlösend dröhnen, der Helikopter endlich abhebt, da weinen plötzlich alle.

Seht Euch das an!, die Hilfsschwester ruft es;

Raymond hat über ihre Dummheit gejammert, sie habe es in sechs Wochen nicht gelernt, ihm die Turnschuhe richtig zu binden, und jetzt ruft sie in kindlicher Begeisterung: Seht euch das an, diese strahlende Sonne, es ist wie im Kino, Seine Majestät Raymond entschwebt!

Als die weissgekittelten Menschen wieder in ihren Spitaleingängen verschwunden sind, lautlos geschluckt von gierigen Hochhäusern, von Geburts- und Sterbemaschinen, von Produktions- und Entsorgungsapparaten, deren Menschenhunger nie erlahmt, auch sonntags nicht, stehen sich Esther und Raymonds Mutter seltsam nah, fast lehnen sie ihr Gewicht aneinander. *Meine Mutter* hat Raymond sie erst in den letzten Wochen genannt, oder *Muetti,* früher war sie immer Gertrude gewesen, *meine Adoptivmutter.* In den letzten vier Wochen haben Esther und Gertrude sich die Tage und Nächte am Krankenbett in selbstverständlichem Wechsel geteilt, sie haben Raymond morgens vier glattgestrichene Löffel Jemalt in seinen Tee geschüttet, nicht drei oder fünf, wie die unmögliche Hilfsschwester, sie haben ihm die Schnabeltasse an den Mund gehalten und ihn frisch gewickelt; er schämte sich vor dem Spitalpersonal, den Kot nicht halten zu können, diese wässrige Brühe; und wie sie da so stehen, ihre ganze Müdigkeit ausgeleuchtet von der grellen Wintersonne, sagt Gertrude Starck: Können Sie sich vorstellen, dass ich ihn oft am liebsten aus dem Fenster geworfen hätte?

Ja, sagt Esther, Raymonds schwarze winddichte Lederjacke trägt sie inzwischen wie ihre Haut, unzertrennlich sind sie Tag und Nacht: Mir geht es ähnlich; manchmal ist er unerträglich selbstmitleidig; um ehrlich zu sein: ich hoffe, er stirbt in Montana; ich wünsche es ihm, und ich wünsche es auch uns –

Er liebt Sie noch immer.

Sie wissen sehr gut, dass es so nicht stimmt, antwortet Esther. Er hängt an mir, ja, aber er erzählt von London im Halbschlaf, von New York und den Everglades; er war mit Sanjeev in Amerika.

Und Sie –? Nein, ich will keine Antwort hören –

und die über siebzigjährige Mutter Raymonds verschwindet in Esthers plötzlicher, heftiger Umarmung; Esther streicht ihr über das Gesicht, so hat sie Raymonds Gesicht massiert: mit beiden Händen zieht sie eine Bahn von den weissgelben strähnigen Haaren bis zum fleischigen Kinn, für Sekundenbruchteile ziehen sich die Spuren der Finger als weisse Gitterstäbe über Stirn und Wangen der alten Frau mit den eingebrochenen Brustwirbeln, und Gertrude Starck ist nichts als eine alte Frau, die früher manchmal unglücklich war, einen schwulen Sohn zu haben, und die sich jetzt anschickt, das Sterben dieses Sohnes zu überleben.

Am Nachmittag sinkt das Weiss auf den Dächern still in sich zusammen. Esther fährt mit dem Bus durch die Stadt, ein Lautsprecher tropft ihr die Namen der Haltestellen behäbig ins Ohr, die Worte verdichten sich mit Kinder-Männer-Frauenlachen, -schweigen, -lärmen zu einem arhythmischen, unverständlichen Quodlibet; manchmal hält ein Atem länger vor, oder ein Lachen findet keinen

Anschluss und fällt in die Rillen des schmutzignassen Bodens, der rast in einem fort bis zur nächsten Haltestelle.

Wie hat Raymond diese abbröckelnde altrosa Fassade immer gehasst, denkt Esther, und der Nachbar sitzt wie vor zwei Jahren im Rollstuhl hinter dem Fenster seiner Wohnung im Parterre und guckt hinter dicken Brillengläsern auf die Strasse: Er sieht ein mageres junges Gesicht mit Tränensäcken, mein Gott, sagt er zu sich, das Fräulein Esther!; er hat sie immer gemocht, sie ihn wohl übrigens auch, sie hat ihm früher oft ein Stück selbstgemachter Pizza gebracht, mit Artischockenherzen darauf, die er so liebt; sie sieht traurig aus, erschöpft, das arme Ding, hoffentlich ist sie nicht auch krank; er öffnet bedächtig das Fenster und ruft: Sieh einer an! Das Fräulein Esther! Ich hab mir immer gesagt: das Fräulein Esther kommt wieder zurück, sie wird doch ihr schönes neues Fahrrad nicht einfach draussen stehen lassen! Jetzt ist es schon ganz rostig! Sie glauben ja nicht, wie sehr ich mich freue, Sie wieder zu sehen!

Sie haben recht, ich hole mein Fahrrad, sagt Esther.

Neben der Klingel klebt ein vergilbtes Papier, darauf stehen noch immer ihre beiden Namen: Raymond Starck und Esther Amt. Am Briefkasten sind die Namen in Metall eingraviert; Metall hält für Endlosigkeiten, für unmenschliche Ewigkeiten; im Paketfach liegt ein Glas Honig, eingewickelt in welliges, vom Regen aufgeweichtes und wieder getrocknetes Papier, darauf schwimmen hastig hingekritzelte Buchstaben: *Bern, 10. Januar, Lie-*

ber Raymond, ich mache mir Sorgen, es ist unmöglich, dich telefonisch zu erreichen! Ich hoffe, es geht dir gut und wir sehen uns bald ... bitte melde dich! Gruss Ruedi.

Ruedi ist selber todkrank, in seinen Augen lauert die Angst vor dem nächsten Schub. Alle sind wir todkrank, denkt Esther, die eine Hälfte seiner Freunde wartet auf den Tod, und verdammt ist die andere Hälfte, die eine zu überleben. Wir sind eine verlorene Generation, eine von Gott verratene Generation, sagte Raymond, wir Schwulen zwischen Ende zwanzig und vierzig, wir sind jung und sterben an Aids, ohne dass wir uns hätten schützen können, und spielen Versuchstiere für die Entwicklung eines wirksamen Medikaments, das Jahre nach unserem Tod auf den Markt kommt. Roland und Hans und Mario und Christof, wie sie alle heissen, sind Krankenpfleger und Bankbeamte und Kunstsachverständige und tragen mit sich herum die Resultate der letzten Messungen, 440 T4-Zellen oder, wie man sie seit neuestem nennt, CD4-Zellen oder 300 CD4-Zellen oder eine Zahl unter der kritischen Grenze von 200 CD4-Zellen; auf den Nacht- oder Küchentischen liegen Zettel mit Terminen für die nächsten Untersuchungen, in einem halben Jahr oder, wenn die Werte kritisch sind, in einem Vierteljahr. Manche haben Humor, reden von sich selbst als *mer positive Hüener,* die ihrer empfindlichen Haut, statt wie früher mit Nivea, heute eben nur noch mit Ritter Cremol beikämen.

Esther betritt die Wohnung am Breitenrain, die Läden sind geschlossen. Es riecht penetrant nach eines Menschen Abwesenheit und nach Raymonds Schwefelbädern, ein Geruch, der in der Wohnung hängenbleibt, der auch ihm nicht mehr ganz aus der Haut geht, trotz dem Babypuder; vor Esthers Augen schwimmt die ganze Wohnung in hellgelbem Schwefel: die vertrockneten Pflanzen, das alte, von der Katze zerfetzte Sofa, wo ist sie bloss, die Katze?, die vergilbten, staubigen Vorhänge, nichts hat sich verändert in den letzten zwei Jahren; und in plötzlicher Wut wirft sie die Korbstühle im Wohnzimmer um, schleudert den silbernen Sektkübel vom Buffet, fegt eine Porzellantasse mit eingetrocknetem Kaffee vom Tisch, reisst die Türen des Vorratschranks auf und lässt fünf Dosen Schokoladencreme einzeln auf den Küchenboden fallen, aus einer Dose quillt die träge braune Masse; Katzenfutter, ein offenes Paket Reis voll mit aufgescheuchten Küchenschaben, Bouillon, Schwarztee, alles knallt sie auf den Boden. Ich liebe dich, schreit sie die leere vollgestopfte Wohnung an, ich liebe dich, verdammte Scheisse.

Der Kaffee im Coop-Restaurant, hundert Meter von der Wohnung entfernt, schmeckt schal, zuviel Milch, zuwenig Kaffee; Esther konstatiert es, als läge darin eine Wichtigkeit.

Das sei in den letzten Monaten vor der endgültigen Einkerkerung im Spital die Freude eines ganzen Tages gewesen, hat Raymond ihr erzählt: hier zu sitzen und einen Kaffee zu trinken. Esther stellt sich vor, wie er seinen knochenharten Po vorsichtig niedergelassen hat auf dem putzsauberen Restaurantstuhl; seine ausgedünnte Haut muss sich in tausend winzige Falten gelegt haben beim Hinsetzen, nach der alltäglichen Anstrengung, das Überlebensnotwendige einzukaufen: Früchte, Gemüse, Reis, Brot. An Geldmangel hatte er nicht zu leiden, er hatte sich rechtzeitig und gut versichert.

Dahinein hat er sich gesetzt, in diese stumpfen Brauntöne ach so vieler Restaurants, an einen dieser in Reih und Glied gestellten Vierertische, unter einen dieser orangefarbenen, kugeligen Lampenschirme, als wär's eine ganze Welt, die ihm von oben leuchtete.

Raymond stirbt sechs Tage später, am 1. Februar 1993, um 12.35 Uhr in der Bernischen Höhenklinik Bellevue in Montana, an einer Triple-Infektion der Lunge.

Und Herbert Hardwick? Manchmal hat Esther gehofft, dass er recht behalten würde; und sie träumt noch immer, ihn eines Tages mit seiner versoffenen Stimme am Radio singen zu hören, mit dem Song der QUEEN, Who wants to live forever.